ATTENTION !

Ceci est la fin du cinquième volume de **TSUBAKI LOVE**.
Pour aller au début de l'histoire, commencez par la dernière page et lisez les bulles de droite à gauche.

Scénario et dessin
KANAN MINAMI

Traduction
ALICE LACROIX

Lettrage
LARA IACUCCI

Directeur de l'édition française
ALAIN GUERRINI
Directeur division publishing
SÉBASTIEN DALLAIN
Comité de direction
A. GUERRINI
S. DALLAIN
H. FUMET
Directeur éditorial européen
MARCO M. LUPOI
Responsable éditorial
WALTER DE MARCHI
Responsable marketing opérationnel
MAGALIE BRUTIN
Chef des ventes
GUILLAUME COUÉ
Coordinatrice commerciale
VALÉRIE BRYNDZA
Contrôleur de gestion
JÉRÔME TASSEL
Communication et relations presse
SOPHIE CONY
Coordinateurs éditoriaux
MATTEO LOSSO
ANNA RODELLA
Supervision
LAETITIA SAMMARTINO
Rédaction
VÉRONIQUE PARRA
SANDRINE VAUBOIS
Rédacteur
MATTIA DAL CORNO
Directeur artistique
MARIO CORTICELLI
Conceptrice graphique
SABRINA PIU
Maquettiste
BENASSI CHIARA
Responsable production
ALESSANDRO NALLI
Avec la collaboration de
J. BAGLIO, A. JODKOWSKI, MPG
et de toute l'équipe de Panini.

TSUBAKI LOVE 5
ISBN : 978-2-8094-2151-4

Un ouvrage
PANINI MANGA / PANINI FRANCE S.A.

Commercialisation et relations média :
PANINI FRANCE S.A.
Z.I. SECTEUR D - B.P. 62
06702 SAINT-LAURENT-DU-VAR CEDEX
www.paninimanga.fr
presse-bd@panini.fr
Tél. 04 92 12 57 57
Fax 04 92 12 57 58

NAMIDA USAGI 1

Un amour sans retour

Ai Minase

Série en cours

Lors du changement de plan de classe du deuxième trimestre, **Momoka** a une bien désagréable surprise : elle se retrouve à côté de **Takahiro Narumi**, le garçon le plus craint de la classe. Pire encore, la rumeur dit qu'être sa voisine de bureau condamne à ne jamais connaître l'amour ! Mais sous ses dehors peu engageants, Takahiro n'est pas celui que l'on croit…

BEAUTY

Série en 6 tomes

Imaginez une rentrée où tous les élèves vous trouveraient si mignonne qu'ils vous presseraient d'intégrer leur club pendant que les deux plus jolis garçons de l'établissement se disputeraient vos faveurs. Le rêve ? Sauf si vous vous appelez **Makoto Takebayashi** et que vous avez la phobie de la beauté ! Voici Makoto enrôlée de force dans l'étrange club d'étude de la beauté et poursuivie par le séduisant **Yô Bidô**. Mais le garçon qui lui plaît, c'est **Mu**, le frère de Yô, malgré sa réputation de barbare violent. Alors que Makoto cherche le moyen d'avouer ses sentiments à Mu, **Yô** est décidé à tout faire pour séparer les amoureux.

SHOJO

TOUJOURS DISPONIBLES EN LIBRAIRIE

KARE FIRST LOVE

Série en 10 volumes

BINETSU SHOJO

Série en 10 volumes

KISS IN THE BLUE

Série en 4 volumes

... D'AC-
CORD...
GWP
...
ALLONS
VOIR
ÇA...
...
DANS MA
CHAMBRE !
À SUIVRE...

家庭用プラネタリウム
HOME SPACE
PFF...
... TSU-BAKI...
JE TE RAPPELLE QUE TU NE PEUX PAS ENTRER DANS MA CHAMBRE ?
SINON...
J'AI CHANGÉ !
JE NE SUIS PLUS LA MÊME...
J'AI CHANGÉ, JE TE DIS !

*PLANÉTARIUM POUR LA MAISON

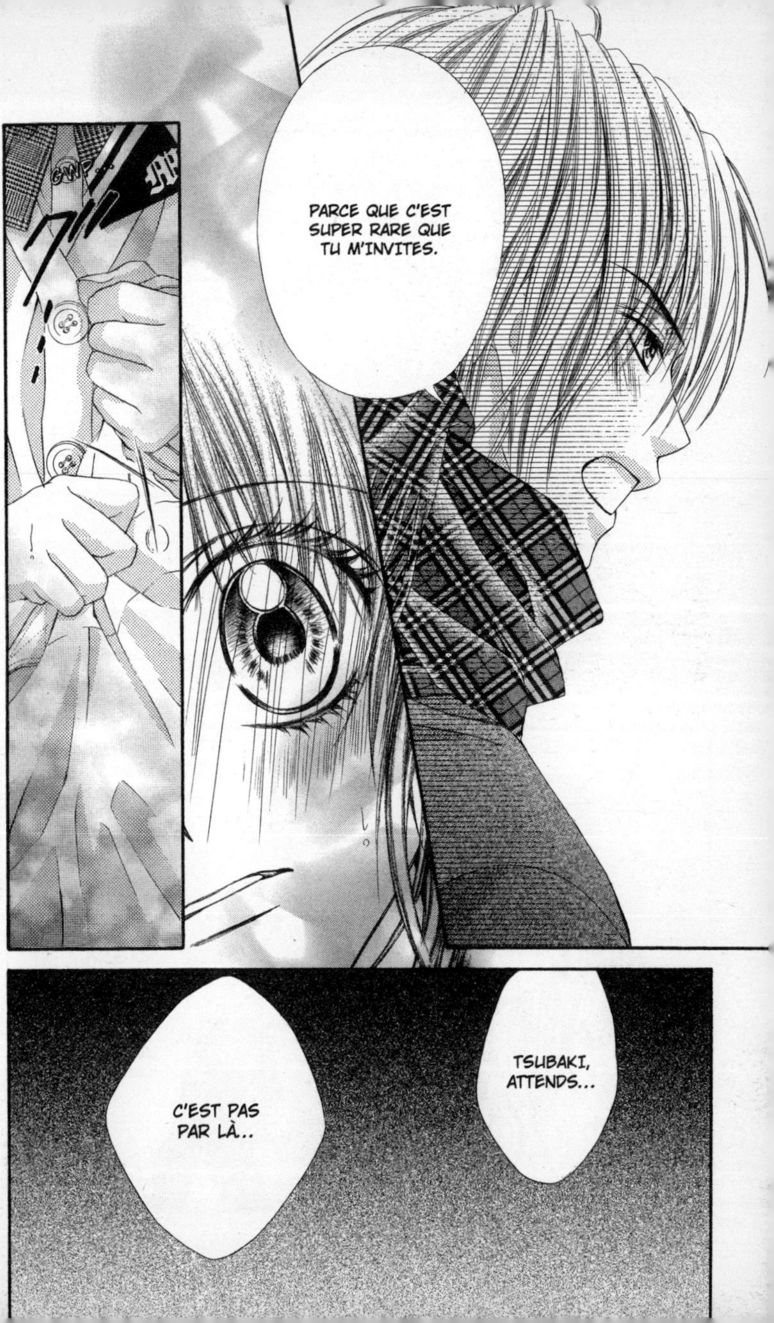
PARCE QUE C'EST SUPER RARE QUE TU M'INVITES.
TSUBAKI, ATTENDS...
C'EST PAS PAR LÀ..

SRT...
MINCE ! JE NE PENSAIS PAS QU'IL ALLAIT DÉCIDER ILLICO D'Y ALLER AUJOURD'HUI !
ON SE CALME !
キュ
GWP...
HÉÉ, SI TU VEUX M'INVITER, FAIS-LE DIRECTEMENT !
ÇA SERT À QUOI DE TOURNER AUTOUR DU POT AVEC UNE LETTRE ?
D'A... D'ACCORD, MAIS C'ÉTAIT PAS UNE RAISON...
... TU N'AVAIS PAS BESOIN DE HURLER TA RÉPONSE EN PLEINE CLASSE POUR QUE TOUT LE MONDE ENTENDE...
J'AVAIS TROP HÂTE DE TE RÉPONDRE !
ET POURQUOI ?

D'ACCORD !
"AUJOUR-D'HUI".
AH... D'AC-CORD...
C'EST...
C'EST NOTÉ !
HEIN ? C'ÉTAIT QUOI ÇA ? DE QUOI IL PARLAIT ?
BUZZ
HEIN ? NON...
RIEN, RIEN...
BUZZ
BUZZ
ALORS LÀ, C'EST DU LOURD...
ÇA SENT LE SEXE !!
HEEEIN ?!
BUZZ
À TSUBAKI
ON N'A PAS PU ALLER AU PLANÉTARIUM...
ALORS J'AIMERAIS RATTRAPER ÇA.
TU ES LIBRE QUAND ?
TSUBAKI HIBINO

UN GRAND MERCI.

* HARUKA TOMIOKA
* MIKIKO MORI
* SHÔKO KUDÔ
* CHIYO NABÉ
* SHIPPO SUGI
* MARIE IKEDA
* ANNA MIYASAKA

* RESPONSABLE : NAGATA
* LA RÉDACTION DE SHO-COMI

* DESIGNER : LALA KAWAI

* MES PARENTS, MA FAMILLE

* TOUTES LES PERSONNES QUI ONT COLLABORÉ À LA VENTE DE CE MANGA ☆

* MES LECTEURS

ENVOYEZ-MOI VOS LETTRES ET IMPRESSIONS À L'ADRESSE CI-DESSOUS :
TOKYO-TO CHIYODA-KU
HITOTSUBASHI 2-3-1
SHOGAKUKAN "SHOJO COMIC" HENSHUBU
MINAMI KANAN

À TSUBAKI
SALUUUUT !

PFF !
J'AI VRAIMENT POUSSÉ, LÀ !
APRÈS TOUT, LA DIFFÉRENCE, ÇA A DU BON !
C'ÉTAIT LA PREMIÈRE FOIS QUE JE SORTAIS AVEC QUELQU'UN...
OSHIMA YUKI
HIBINO TSUBAKI (1-1)
SUNOHARA AYANE
SHIRATO DAI
... ET DU COUP, J'ÉTAIS TOTALEMENT ABSORBÉE PAR CE QUE JE FAISAIS...
ALORS QUE TSUBAKI, LUI...
TU ME DONNES TON MAIL ?
ALORS ?
... IL A TELLEMENT DE SUCCÈS...
JE N'AVAIS JAMAIS PENSÉ...
... QU'UNE AUTRE POUVAIT ME LE PIQUER !

EN FAIT, CES DERNIERS TEMPS...
... ÇA NE ME TENTE PLUS...
... QU'AVEC CELLE QUE J'AIME.
COUCHER QUAND ON A DES SENTIMENTS...
... CONTRAIREMENT À SANS...
... JE NE SAVAIS PAS QUE C'ÉTAIT AUSSI DIFFÉRENT...
J'ESPÈRE QUE TOI AUSSI...
... TU TROUVERAS VITE QUELQU'UN QUI TE LE FASSE COMPRENDRE.

Z'ALLEZ QUAND MÊME PAS ME DIRE …
… QUE KYÔTA VA PATIENTER JUSQU'À LA NUIT DE NOCES POUR CETTE NANA !!
YUKIIII !
WOAH ! AUJOURD'HUI AUSSI, ÇA BALANCE !
ET POURTANT…
"SI T'ES TROP FRUSTRÉ ET QUE T'AS BESOIN DE RELÂCHER LA PRESSION …
"… JE SUIS TOUJOURS LÀ POUR TOI ! "
SMILE !
308
PAS LA PEINE !!

EXCELLENT, JE VAIS POUVOIR...
... INVITER KYÔTA...
SEXUELLE-MENT...
... C'EST AVEC LUI QUE JE M'ACCORDE LE MIEUX, ALORS !
TU VOIS, TU ME SAUVES, LÀ !

ET QUAND TU TE FERAS LARGUER PAR KYÔTA...
... TOUT LE MONDE SERA RAVI !
QUOI ?
J'VOIS PAS EN QUOI C'EST UN PROBLÈME ?
SI T'AS PAS ENVIE DE LE FAIRE.
ABSTIENS-TOI, APRÈS TOUT !

À FORCE DE BATIFOLER ? ELLE PARLE DE SEXE ?
NON, UNE MINUTE !
J'AI RIEN FAIT DE TOUT ÇA !
BOH... C'EST PLUS LA PEINE DE JOUER LES SAINTES NITOUCHES...
MAIS C'EST VRAI !
SÉRIEUX !!
SI C'EST PAS POUR PROCRÉER...
... CES TRUCS ...
... CES HORRIBLES TRUCS...
... JE NE COMPRENDS VRAIMENT PAS POURQUOI ON LES FAIT !!

J'ÉTAIS PAS DU TOUT LÀ POUR VOUS MATER !
BAM !
SI JE SUIS LÀ, C'EST POUR AFFICHER ÇA !
6ÈME : HIBINO TSUBAKI.
TIENS ? D'HABITUDE T'ES PAS PLUTÔT 2ÈME ?
IMPLOSION
AH OUAIS... JE VOIS...
VOUS FILEZ LE PARFAIT AMOUR AVEC KYÔTA...
TROP NAAAZE...
AH...
J'COM-PRENDS... À FORCE DE BATIFO-LER AVEC LUI...
... T'AS PLUS LE TEMPS D'ÉTU-DIER !

QU...
M-MAAAAAIS ...
QU'EST-CE QUE TU F...
OUAH...
MAIS C'EST...
C'EST BONNET G !!!
GTCHACK GTCHACK
BON... EUH... YUKI...
À PLUS...
QUÔA ?! MAIS ATTEEEENDS !!!
GNIIH !
BLAF !
QUOOOOI !! ENCORE TOIII ?!
ESPÈCE DE RETARDÉE PERVERSE !!
SI T'AS ENVIE DE MATER, FAIS-LE DISCRÈTEMENT !
HEIN ?!
RETAR...

*PETITE SALLE DE RÉUNIONS
TSUBAKI... JE ME DEMANDE BIEN DE QUOI IL VOULAIT ME PARLER TOUT À L'HEURE...
DIS VOIR, TOI, CE MATIN...
... S'IL M'ATTEND TOUJOURS EN CLASSE...
小会議室
*
MAIS AUJOURD'HUI, JE NE PEUX PAS LE REGARDER EN FACE...
RATTLE...
ガラ

*SALLE DES PROFESSEURS

JE SUIS CONVOQUÉE PAR LE PROF.
ALORS... ON EN PARLE DEMAIN !
HÉÉÉÉ !!
FIXE...
じっ...
... PFFF... M'ÉNERVE...
AH BAH ÇA ! ÇA ARRIVE AUSSI À KYÔTA DE SE FAIRE JETER...
LE PÔVRE !!
JE PEUX LA REMPLA-CER...
OH, LA FERME, HEIN ! C'EST PAS SE FAIRE JETER, ÇA !!

CLASSEMENT AUX EXAMENS DE FIN DE SEMESTRE
NOM
TSUBAKI KYÔTA (1-1)
YUKIMURA SHÔJI (1-5)
MURATA MAKOTO (1-7)
KUMASAWA KASUMI (1-4)
1
2
3
4
5
6
957
903
877
860
837
1 — 1
DEBOUT !
SALUEZ !
AU REVOIR !
AH...
HÉÉÉ !
HIRK !
TSUBAKI !!
DIS VOIR, TOI, CE MATIN...
OUH...
DÉSOLÉE...

BUZZ
BUZZ
ザワ
ザワ
QU'EST-CE QUI TE PREND ?!
ザワ
BUZZ
VIENS AVEC MOI TOI !
TSUBAKI ?
BUZZ
ザワ
ザワ
BUZZ

... IL N'AURA PLUS AUCUNE RAISON POUR M'APPRÉCIER !!

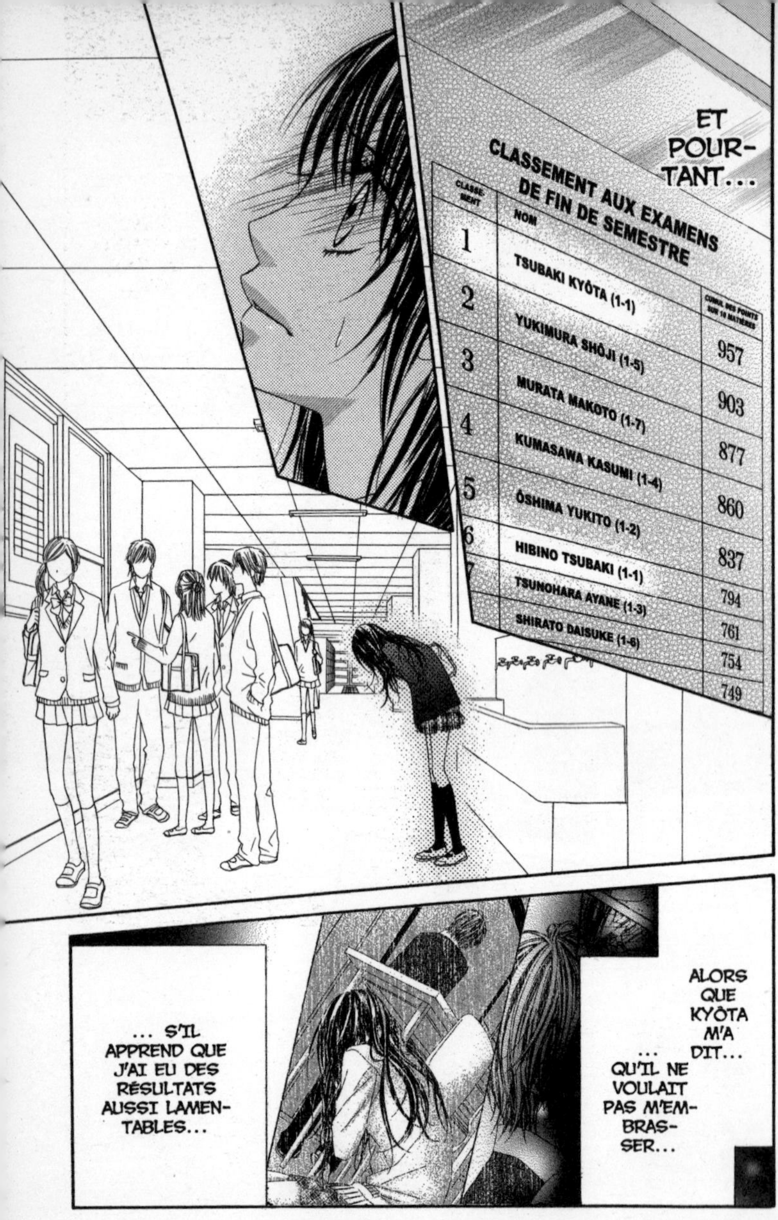
ET POURTANT...
CLASSEMENT AUX EXAMENS DE FIN DE SEMESTRE
CLASSEMENT
NOM
CUMUL DES POINTS SUR 10 MATIÈRES
1 TSUBAKI KYÔTA (1-1) 957
2 YUKIMURA SHÔJI (1-5) 903
3 MURATA MAKOTO (1-7) 877
4 KUMASAWA KASUMI (1-4) 860
5 ÔSHIMA YUKITO (1-2) 837
6 HIBINO TSUBAKI (1-1) 794
TSUNOHARA AYANE (1-3) 761
SHIRATO DAISUKE (1-6) 754
749
ALORS QUE KYÔTA M'A DIT...
... QU'IL NE VOULAIT PAS M'EMBRASSER...
... S'IL APPREND QUE J'AI EU DES RÉSULTATS AUSSI LAMENTABLES...

CHAPITRE 30.

11 POUR FAIRE SUITE AU FRONTISPICE DU CHAPITRE PRÉCÉDENT, CETTE ILLUSTRATION REPRÉSENTE ÉVIDEMMENT LE NOUVEL AN. MA DOSE DE TRAVAIL ÉTAIT MOINDRE, DU COUP C'ÉTAIT TRANQUILLE ! (RIRES)☆
LE PLUS DIFFICILE A ÉTÉ DE RÉALISER LE DRAGON. ON LE DOIT AUSSI AU DUR LABEUR DE M.
J'ÉTAIS EN TRAIN DE DESSINER CE CHAPITRE QUAND MA GRAND-MÈRE A REJOINT L'AUTRE MONDE. MES GRANDS-PARENTS ÉTAIENT TOUS LES 4 EN TRÈS BONNE SANTÉ JUSQUE-LÀ. JE N'AURAIS PAS CRU QUE ÇA ME SECOUERAIT À CE POINT 💧 J'AI CAUSÉ BIEN DU SOUCI À MON SUPERVISEUR. 💧
LA CÉRÉMONIE FUNÈBRE ET LA DATE BUTOIR ÉTAIENT LE MÊME JOUR, ET POUR LA PREMIÈRE FOIS, J'AI LAISSÉ LE SOIN À MES ASSISTANTS DE RÉALISER LES FINITIONS DES PLANCHES (ENFIN, PENDANT 2 HEURES) ET DE LES RENDRE. SI J'AI PU ME LE PERMETTRE, C'EST QU'ILS FONT TOUJOURS UN TRAVAIL TRÈS FIABLE. JE VOUS REMERCIE TOUS POUR CE COUP DE MAIN !

ET SUR CE, LA SUITE AU PROCHAIN VOLUME. (RIRES)

CHAPITRE 30

C'EST PARTI !!
RÉPONDEZ AU QUESTIONNAIRE, ET GAGNEZ UN CADEAU *TSUBAKI LOVE* ORIGINAL ! 3

ET VOILÀ ! PARMI CEUX QUI AURONT RÉPONDU À CE QUESTIONNAIRE, 50 SERONT TIRÉS AU SORT ET RECEVRONT **UN SAC ORIGINAL MÉGA GÉANT EN TISSU NON TISSÉ ET À GLISSIÈRE SIGNÉ MINAMI !!**... BON, J'ADMETS QUE CES SACS ÉTAIENT DISTRIBUÉS LORS DE DEUX DE MES SÉANCES DE DÉDICACES... (TACHIKAWA ET TOKYO JE CROIS ?) MAIS COMME IL N'Y A AUCUN AUTRE MOYEN DE METTRE LA MAIN DESSUS, JE PENSE QUE VOUS DEVEZ ABSOLUMENT SAISIR CETTE OCCASION !! UNE FOIS CETTE OPÉRATION FINIE, CES SACS NE SERONT JAMAIS RÉÉDITÉS !

LES LOTS SERONT DIRECTEMENT ENVOYÉS AUX GAGNANTS SANS PUBLICATION DE LISTE.

JE L'AI CRÉÉ EN PENSANT FAIRE UN CABAS. IL EST PEUT-ÊTRE UN PEU TROP GRAND... C'EST DIRE À QUEL POINT IL EST ÉNORME...

J'ESPÈRE RECEVOIR BEAUCOUP DE CANDIDATURES ! (AU RISQUE DE VOUS PARAÎTRE LOURDE, JE VOUS RAPPELLE QUE LA DATE BUTOIR EST LE 31 MAI 2009 !)

CLASSEMENT AUX EXAMENS DE FIN DE SEMESTRE

CLASSEMENT	NOM	CUMUL DES POINTS SUR 10 MATIÈRES
1	TSUBAKI KYÔTA (1-1)	957
2	YUKIMURA SHÔJI (1-5)	903
3	MURATA MAKOTO (1-7)	877
4	KUMASAWA KASUMI (1-4)	860
5	ÔSHIMA YUKITO (1-2)	837
6	HIBINO TSUBAKI (1-1)	794
7	TSUNOHARA AYANE (1-3)	761

... JE NE VEUX PAS QUE TSUBAKI SE METTE À ME DÉTESTER !
BUZZ

*PREMIER JOUR DES EXAMENS DE FIN DE SEMESTRE - 1-LITTÉRATURE CLASSIQUE

J'AI VRAI-MENT ÉTÉ...
... HOR-RIBLE AVEC LUI PENDANT TOUT CE TEMPS !
QU'EST-CE QUE TU...
TOUT ÇA POUR DES RAISONS FUTILES ...
... PAR-DON...
BLAF !
ENCORE, ET ENCORE...
J'IGNORAIS QU'ESSUYER UN REFUS...
... POUVAIT ÊTRE AUSSI DOULOU-REUX !

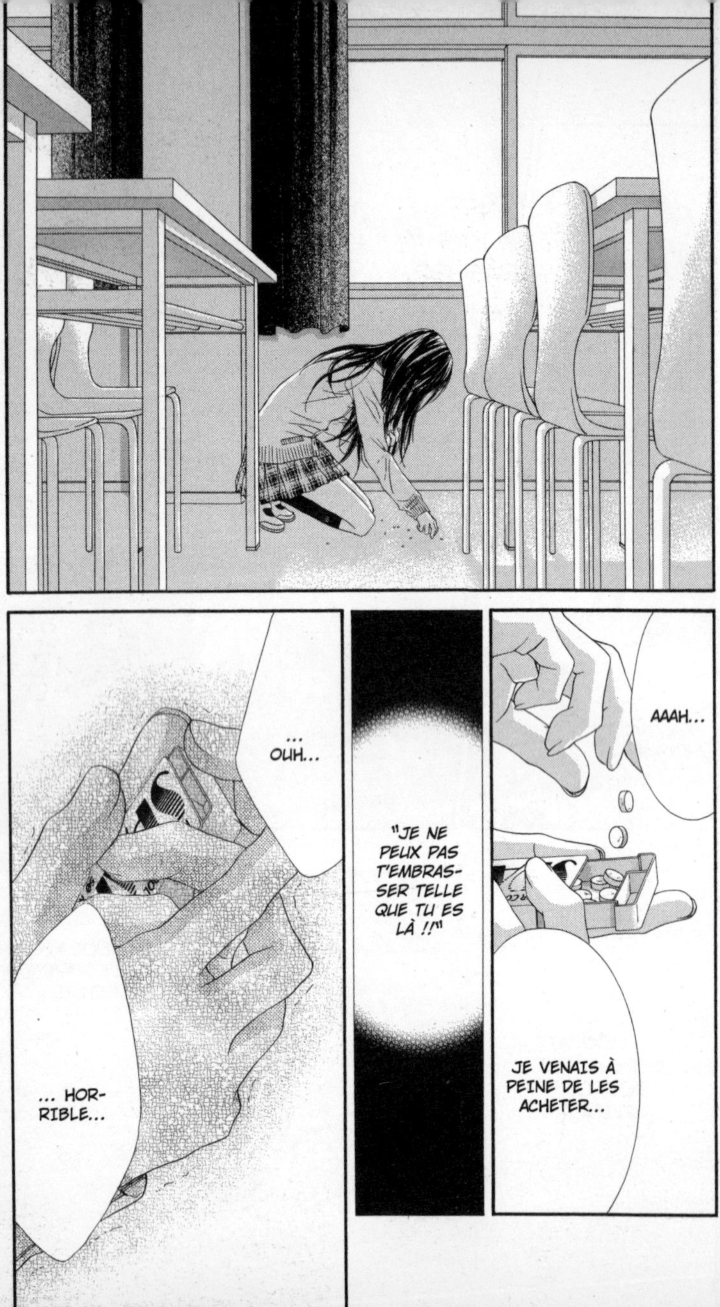
AAAH...
JE VENAIS À PEINE DE LES ACHETER...
"JE NE PEUX PAS T'EMBRAS-SER TELLE QUE TU ES LÀ !!"
... OUH...
... HOR-RIBLE...

CLIC
PAS LA PEINE D'AVALER TOUTES CES PASTILLES...
... EN ESPÉRANT UN BAISER DE MA PART !
JE NE PEUX PAS T'EMBRASSER TELLE QUE TU ES LÀ !!

... POUR OBÉIR À TOUTES TES ATTENTES !
DÉJÀ QU'IL NE M'OBÉIT PAS À MOI !!

TU TE FOUS DE MOI !!
MON CORPS...
... N'EST PAS FAIT...

GLP...
FRT...
... ALORS COMME ÇA, C'EST OK POUR LES BAISERS...
... MAIS PAS POUR LE RESTE ?
WUP !
WUP ...
AH...
KYÔT...
NON ! JE T'AI DÉJÀ DIT QUE JE N'AIMAIS PAS ÇA !
LÀ...

MMF...
MA PETITE TSUBAKI...
ÇA TE DÉMANGE TANT QUE ÇA QUE JE T'EM-BRASSE ?
BLUUSH...
MMH ?
WUP
ALORS ?!
WUP
WUP...
... OUH...

WUP !
JE... JE SAIS OUI...
WUP !
C'EST VRAI ÇA... JE... JE N'AI JAMAIS DIT...
... QUE JE NE VOULAIS PAS...
MAIS TU... TU TE TROMPES, TSUBAKI...
WUP !
RATTLE
... QUE TU M'EM-BRASSES !!

GTACK !
ガタ―ンッ
C'EST POURTANT BIEN TOI...
... QUI A DÉCIDÉ QU'IL NE SE PASSERAIT RIEN AVANT TA NUIT DE NOCES ?

... BAISERS INTERDITS !!
ビクッ
HIRK !

DING...

TOC ! TOC !
TSUBA-KI ?!
LE COURS EST FINI...
SHRP !
SHRP !
TU VEUX BIEN ME DONNER TA COPIE, OUI ?!
JE NE PEUX PAS ALLER DÉJEUNER, LÀ !!
SHRP !
!!
SHRP !
SHRP !
DING DONG !
DING DONG !
DING DONG !
DOONG !

10

DEFINE

L'AUTRE JOUR, J'AI ACHETÉ DES LENTILLES DE CONTACT DEFINE.☆ SI ON M'AVAIT DIT UN JOUR QU'ON INVENTERAIT DES LENTILLES QUI AGRANDISSENT LA PUPILLE, JE NE L'AURAIS PAS CRU ! C'EST LE CŒUR BATTANT QUE J'AI FAIT POSER MES LENTILLES...

... L'ANGOISSE !!

À L'ORIGINE, J'AI DES YEUX PLUTÔT FENDUS, ET DU COUP L'ÉQUILIBRE ENTRE L'IRIS ET LE BLANC DE L'ŒIL FAISAIT TOTALEMENT FAUX !

SUIS-JE DONC LA SEULE À QUI CELA FAIT DES YEUX INEXPRESSIFS DE POISSONS MORTS OU DE POUPÉE ? PAR CONTRE, SUR CEUX DE MON ENTOURAGE QUI EN PORTENT, LE RÉSULTAT N'A RIEN D'ARTIFICIEL. AU CONTRAIRE, C'EST TRÈS MIGNON... J'IMAGINE QUE ÇA IRA MIEUX UNE FOIS QUE JE ME SERAI HABITUÉE À ME VOIR AINSI... J'ÉTAIS PEUT-ÊTRE UN PEU TROP PROCHE DU MIROIR...

C'EST DONC AVEC CE GROS DOUTE QUE JE SUIS RENTRÉE CHEZ MOI EN ME LAISSANT CONVAINCRE D'EN PRENDRE UNE BOÎTE. (RIRE AMER) J'EN AI AUSSI DE CELLES QUE JE PORTE TOUJOURS. (MAIS JE PENSE QUAND MÊME QUE C'EST GÉNIAL DE POUVOIR AGRANDIR LES YEUX AUSSI SIMPLEMENT !) DU COUP, JE NE LES METS QUE DANS LES GRANDES OCCASIONS.

*SALLE AUDIOVISUELLE

TSUBAKI AVAIT RAISON...
... FINALEMENT, CES PASTILLES N'ONT SERVI QU'À ME MAIN-TENIR ÉVEILLÉE...
ET SI ÇA EN RES-TAIT LÀ...
... ET QUE NOUS NOUS SÉPARIONS SANS NOUS MARIER...
... ÇA VEUT DIRE QUE PLUS JAMAIS...
... JE NE POURRAI REVIVRE CET ÉMOI DANS SES BRAS ?

PFOUAH...
NON, NON, NON...
JE DOIS M'ACCROCHER ENCORE UN PEU, OU...
AH...
... LA BOÎTE EST VIDE...
HYPER COOL

JE SUIS TON MEC QUAND MÊME, C'EST PAS COOL...
MAIS NON ! C'EST PAS ÇA DU TOUT...
C'EST PAS POUR ME RÉVEILLER QUE JE LES ACHÈTE...
SMILE.
くす
AH OUI ? ET C'EST POUR QUOI ALORS ? POUR EMBRAS-SER ?
... N...
NON PLUS !
JE N'AURAIS PAS CRU...
... QU'IL ÉTAIT DU GENRE À TENIR AUSSI BIEN SES PRO-MESSES !

TU CONTINUES À PRENDRE CES PASTILLES, TSUBAKI ?
HÉ ! C'EST MOI, OU À CHAQUE FOIS QUE JE TE VOIS TU MÂCHES QUELQUE CHOSE ?
GNIRK !
AH... C'EST... C'EST QUE...
WUP
WUP ! WUP !
MAIS DIS...
ÊTRE AVEC MOI, TE DONNE SI ENVIE...
WUP !
ATEMI
... SI ENVIE DE PIONCER ?!

2ème TOUTE L'ANNÉE
ÇA, ÇA DOIT ÊTRE SUR CETTE ÉTAGÈRE...
ぐり
GRR...
ぐり
GRR...
M'ÉNEEEEERVE !!
グッ
GWP !
'TENTION !
WLIP !
どきっ
WLIP !
どき
ふわ…
FOUH
どき
WLIP !
AH... MERCI...

GTACK...
PARDON, TSUBAKI...
... JE T'EMBRIGADE DANS MON BOULOT DE RESPONSABLE DE BIBLI...
T'INQUIÈTE !!
J'AVAIS JUSTEMENT DU TEMPS À TUER AVANT D'ALLER AU BOULOT !
AH ?
TU CONTINUES À Y ALLER, MÊME JUSTE AVANT LES EXAMS DE FIN DE SEMESTRE ?!
TU AS RENONCÉ À TA PREMIÈRE PLACE AU CLASSEMENT ALORS ?
TU PARLES ! EN FAIT ÇA N'A JAMAIS ÉTÉ MON BUT...
... MAIS FRANCHEMENT FAUT ÊTRE DÉBILE POUR ÊTRE CLASSÉ EN DESSOUS DE LA DEUXIÈME PLACE ! DU COUP, JE CHOPE TOUJOURS LA PREMIÈRE.

9

CHAPITRE 29.
ENFIN !! ENFIIIIIN !! J'AI POUR LA PREMIÈRE FOIS RÉUSSI À RÉALISER À 100 % UNE ILLUSTRATION COULEUR DE FRONTISPICE !! ☆

LE THÈME EST BIEN ÉVIDEMMENT "NOËL". À CE PROPOS, C'EST SANS DOUTE LA TOUTE PREMIÈRE FOIS QUE JE RÉALISE UNE ILLUSTRATION SI TOTALEMENT DANS L'ESPRIT DE NOËL ! (ET EN COULEUR !) ٥٥
EN FAIT, POUR LE CALENDRIER 2009 (OFFERT AVEC LE MAGAZINE), J'AVAIS ÉTÉ CHOISIE POUR ILLUSTRER LES MOIS DE SEPTEMBRE/OCTOBRE, ET J'ALLAIS DONC POUVOIR LE FAIRE SUR LE THÈME DE HALLOWEEN.
JE ME RÉJOUISSAIS EN SECRET, MAIS AVEC LE RETARD PRIS SUR MON TRAVAIL, JE N'AI PAS EU LE TEMPS DE RÉALISER LE CRAYONNÉ... ٥٥
JUSTE APRÈS ÇA, J'AI EU LA CHANCE DE ME VOIR CONFIER CETTE ILLUSTRATION COULEUR, ET J'Y AI MIS TOUTE MA PASSION EN ME DISANT : "C'EST MA REVAAAANCHE !!"
JE SUIS CONTENTE D'AVOIR PU LE FAIRE !

C'EST PARTI !! RÉPONDEZ AU QUESTIONNAIRE, ET GAGNEZ UN CADEAU TSUBAKI LOVE ORIGINAL ! 2

MODALITÉS D'INSCRIPTION

REPORTEZ-VOUS AU MODÈLE D'INSCRIPTION DE DROITE

① LES TROIS ILLUSTRATIONS QUE VOUS PRÉFÉREZ

② CODE POSTAL

③ ADRESSE

④ NOM

⑤ ÂGE

JE ME DIS QUE SI COMME DANS LE MODÈLE VOUS PRÉCISEZ LE CONTENU DU DESSIN, CELA ÉVITERA LES ERREURS.

NE L'OUBLIEZ SURTOUT PAS !

DATE BUTOIR DE SUSCRIPTION : LE 31 MAI 2009
LE CACHET DE LA POSTE FAISANT FOI

MODÈLE D'INSCRIPTION

① 1. CHAPITRE 1 (TSUBAKI ET KYÔTA DANS LA SALLE DE CLASSE)
2. CHAPITRE 15 (TSUBAKI EN GOTHIC LOLITA)
3. CHAPITRE 29 (TSUBAKI ET KYÔTA À NOËL)

② XXX-XXX

③ SAITAMA KEN XX SHI XX KU XX-XXX-XXXX

④ MINAMI KANAN

⑤ 15 ANS

SUR CARTE POSTALE UNIQUEMENT !

①~⑤ を VEUILLEZ RÉPONDRE À TOUTES LES QUESTIONS SUR **UNE CARTE POSTALE.**

AUCUNE ENVELOPPE NE SERA ACCEPTÉE ! L'ADRESSE D'ENVOI EST LA MÊME QUE POUR VOS COURRIERS HABITUELS.

101-8001
TOKYO-TO CHIYODA-KU HITOTSUBASHI 2-3-1
SHOGAKUKAN "SHOJO COMIC" HENSHUBU
MINAMI KANAN

LES INFORMATIONS FOURNIES POUR L'INSCRIPTION SERVIRONT UNIQUEMENT À L'ENVOI DES LOTS.

POUR EN SAVOIR PLUS SUR LE CADEAU ET LE NOMBRE DE GAGNANTS, ALLEZ AU 3.

CHAPITRE 29

POURQUOI JE N'AI TOUJOURS PAS RÉUS-SI...
... À AVOIR SON APPROBA-TION ?
ALORS, QUAND IL ME DISAIT QU'ÊTRE EN-SEMBLE...
... SUFFI-SAIT...
... IL MENTAIT ?

... VU QUE J'AI PROMIS DE NE PAS TE TOUCHER...
... JUSQU'À TA NUIT DE NOCES !
MAIS ALORS ...
"JE NE LE FERAI PLUS !"
ÇA VOULAIT DIRE PLUS DE BAI-SERS, PLUS RIEN ?
WOOOAH ! C'EST VRAIMENT FORT...
IMPOS-SIBLE D'EN AVALER AUTANT...

SÉRIEUX ? C'ÉTAIT POUR EMBRASSER ?
OH NOOON !!
C'EST TROP LA HONTE !!
... HEIN ?
QU'EST-CE QUE T'AS, TSUBAKI ?
... N'IMPORTE QUOI !!
ぱっ
BAF !
HEIN ?
Y A AUCUNE RAISON QUE TU ACHÈTES DES PAS-TILLES...
... POUR ÇA !
C'EST JUSTE POUR TE DONNER DU PEPS POUR RÉVISER, HEIN ?
MAIS NO...
SINON, ÇA N'AURAIT AUCUN SENS...

UN CHEWING-GUM ?
J'EN VEUX BIEN UN !
AH...
NON, NON ! C'EST PAS UN CHEWING-GUM...
C'EST DINGUE CE QU'IL RÉALISE VITE...
C'EST ÇA...
HYPER COOL
SUGARLESS
50 MINTS
WAOH ! DES FRAÎCHEURS HYPER COOL ?
ÇA PIQUE À MORT, CES TRUCS...
RATTLE
RATTLE
JE ME SUIS DIT QUE PLUS C'ÉTAIT FORT, PLUS C'ÉTAIT EFFICACE.
HEIN ? ÇA NE SORT PAS...
... AH OUI ?
SMILE...
POUR ÊTRE TOUJOURS PRÊTE POUR UN BAISER ?
CLAC
TC
OUAH !
TC...

AH...
EUH...
JE PRENDRAI AUSSI ÇA AVEC, S'IL VOUS PLAÎT !
BLIF !
BON, AU SUIVANT... "ÊTRE SATIS-FAIT" ?
BE SATISFIED WITH.
FWASH
RHÔÔÔ ! COMMENT TU FAIS POUR TOUT SAVOIR !
WUP
QU'EST-CE QUE TU MÂCHES, LÀ, TSUBAKI ?
ÇA SENT BON...
GULP...

*RESTAURANT, POINT DE VENTE
**UN COUP DE FOUET POUR MIEUX RÉVISER ! PRIX SPÉCIAL : 100 YENS
***CES BAISERS QUI VOUS ONT TANT DÉÇUS
UNE FILLE À LA MAUVAISE HALEINE ? HORS DE QUESTION ! (X PREMIÈRE ANNÉE DE LYCÉE)
UN MORCEAU DE LAITUE VERTE SUR LES DENTS, C'EST RÉDHIBITOIRE
L'EMBRASSER JUSTE APRÈS AVOIR MANGÉ UN YAKINIKU (NDT : VIANDE GRILLÉE), NON MERCI !
MIEUX VAUT FAIRE ATTENTION À L'HALEINE AVANT DE...

SI, SI ! JE... JE VAIS LA MANGER !
JE NE SAIS PAS...
... MAIS C'EST MÉGA EMBARRAS-SANT...
C'EST COMME ...
... CE JOUR...
... OÙ JE L'AI EMBRAS-SÉ...
EXACTEMENT LA MÊME SENSA-TION...

J'Y CROIS PAS ! AVEC SON TON SUGGES-TIF...
... IL M'A LAISSÉ ESPÉRER, ET MAINTENANT J'AI L'AIR DÉBILE !!
ESPÉRER ? MAIS QU'EST-CE QUE JE RACONTE, MOI ?
... BON, JE FAIS QUOI MAINTENANT ?
TSUBAKI A MORDU DANS CETTE BRIOCHE...
... JE FERAIS MIEUX DE LA MANGER, HEIN ?
CHECK...
ちら…
FIXE
TU N'EN VEUX PAS ?

MUNCH !
ぱく
もぐ
MUNCH
MUNCH
MUNCH
もぐ
もぐ
HÉÉ ! TROP BON, SÉRIEUX !
JE LE PRENDRAI AUSSI LA PROCHAINE FOIS.
!
ぼっくり。
CRUSH
T'EXAGÈRES !
T'EN AS MANGÉ PLUS DE LA MOITIÉ !!
J'AI PAS PU M'EN EMPÊCHER ! ÇA AVAIT L'AIR TELLEMENT BON QUAND TU LA MANGEAIS...
ON N'AURA QU'À EN PRENDRE UNE AUTRE !
NON MERCI, CRÉTIN !!

LÀ...
... JE PEUX ?
LICK !
WLIP !
WLIP !
BON, VU L'EN-DROIT...
... JE DOUTE QU'IL SE LAISSE ALLER À DES TRUCS LOUCHES COMME HIER...
SI C'EST JUSTE UN BAISER QUI L'INTÉRESSE... ÇA ME VA...
OUI...

C'EST UNE TUERIE !!
GWISH
WUP !
TSUBA... KI ?
C'EST VRAI, APRÈS CE QUI S'EST PASSÉ HIER...
... J'AVAIS DÉCIDÉ DE ME RETENIR AUJOURD'HUI...
... MAIS C'EST TROP DUR EN TE VOYANT...

TU ES SÛRE QUE ÇA SUFFIRA ?
OUI, OUI !
J'AVAIS TROP ENVIE DE GOÛTER CE PARFUM DE BRIOCHE...
LA MÉGA BRIOCHE DE LA MER.
AH ?
MMH...

POURQUOI TU FAIS CETTE TRONCHE ?
... APRÈS CETTE HISTOIRE D'HIER... JE ME DISAIS JUSTE QUE TU AVAIS L'AIR BIEN CALME...
WOAH ! RUDE...
NAN ! T'ES ENCORE EN ROGNE POUR HIER ?
PLOP !
PLOP !
ALLEZ ! LAISSE COULER !
J'ME SUIS EXCUSÉ COMME IL FAUT, HEIN ?
HEIN !
JE RÉGALE AU RETOUR !

MOI, TANT QUE JE PEUX ÊTRE AVEC LUI...
... ÇA SUFFIT À MON BON-HEUR...
MAIS LUI, PEUT-ÊTRE QU'IL PENSE AUTREMENT ?
HÉÉ !
TSUBAKI !

VLAM !
T'AS QU'À RESTER VIERGE TOUTE TA VIE, VOILÀ !!
VIVEMENT QUE KYÔTA TE LARGUE !!
ÇA Y EST, ELLE RECOM-MENCE...
ELLE HURLE À TOUS LES VENTS QUE JE SUIS VIERGE...
SI C'EST ÇA...
DEVOIR SE METTRE NUE ET SUBIR CES CHOSES HORRI-BLES...
À PART POUR FAIRE DES ENFANTS...
... JE NE VOIS PAS À QUOI ÇA SERT !!

8

SUITE DE LA COLONNE 6 ↓

BON, MON BLOG EST CE QU'IL EST, MAIS SI CELA VOUS TENTE, JE VOUS INVITE À Y JETER UN ŒIL !

↓ ↓ ↓

**** LE BLOG OFFICIEL DE KANAN MINAMI ****

http://aquarich.blog41.fc2.com/

↑ C'EST LE Q EN MINUSCULE

↑ LE G DE GÉRARD !

LE SITE DE SHO-COMI PEUT AUSSI VOUS REDIRIGER DIRECTEMENT VERS MON SITE !

AU FAIT...
LA FONCTION COMMENTAIRE N'EXISTE PAS.
J'AI FAIT EN SORTE QUE CE BLOG NE FASSE QUE FOURNIR DES INFORMATIONS DE MA PART, DE FAÇON UNILATÉRALE.

J'AI TELLEMENT, TELLEMENT PEUR DU NET...

LES CRITIQUES SUR LES SHÔJO MANGA QUI TRAITENT DU SEXE SONT PARTICULIÈREMENT VIRULENTES !

LA MOINDRE CONTRARIÉTÉ ME RESTE EN TÊTE ASSEZ LONGTEMPS. DU COUP, J'AI PEUR DE NE PLUS POUVOIR ME CONCENTRER SUR L'ÉCRITURE DE MES RÉPLIQUES.
COMME ÇA RISQUE DE NUIRE À MON TRAVAIL, JE VOUS DEMANDE DONC D'ÊTRE COMPRÉHENSIFS !
JE SAIS QUE J'AI LA PLUME PARESSEUSE, MAIS JE FAIS TOUT POUR M'AMÉLIORER, ALORS JE COMPTE SUR VOUS !

MAIS HÉÉÉÉ ! TSUBAKIII !!
TAP TAP TAP
... LAMENTABLE...
OUI, HEIN ? C'EST NUL...
... DE FORCER LES AUTRES CONTRE LEUR VOLONTÉ...
MAIS BON, IL AVAIT L'AIR CONTRIT...
... OUF...
T'ES VRAIMENT TROP LAMENTABLE, TSUBAKI !!

BON, MOI, JE ME TIRE...
OUAH... KYÔTA...
TSUBAKI...
C'EST BON, J'AI EU MA DOSE, JE LE FERAI PLUS !
DÉSOLÉ POUR ÇA.

BLAAF !
HIRK !
ビクッ
TSUBA-
KI...
ばばっ

VLAM !
RHÔÔÔÔ ! TU ME CASSES LES OREILLES, TSUBAKI !!
AH NON ! C'EST OBSCÈNE ET HON-TEUX !!
JE NE PEUX PAS FAIRE ÇA !!!
EN PLUS, C'EST PAS NOTRE NUIT DE NOCES !!

AU SECOUUURS, SAKURAAAAA !!!
HIRK !
びくっ
HÉ, SAKURA ! JE CROIS QU'ON T'AP-PELLE...
À CÔTÉ...
LAISSE ! LAISSE !
C'EST MIEUX QUAND C'EST INTENSE !!
SAKURA !
SAKURA !
...
SAKU-RAAAA !!!

VOTRE VÉCU SEXUEL : VOS TÉMOIGNAGES - VOTRE CHÉRI, VOUS ET LE XXX. VOTRE GUIDE POUR LE RENDRE ACCRO!

CHAPITRE 28. (OUI, ENCORE !)

7

LE FRONTISPICE DOIT ENCORE BEAUCOUP À MON ASSISTANT M💧💧. JE TROUVE CETTE ILLUSTRATION HYPER GIRLY ET LUXUEUSE. BREF, JE L'ADORE ! 💧💧
ÇA FAIT FURIEUSEMENT AXNA SXI...☆
(J'AVOUE QUE JE M'EN SUIS INSPIRÉE.)

DANS L'HISTOIRE, LA "MÉGA BRIOCHE DE LA MER" N'A FRANCHEMENT RIEN DE MÉGA... MAIS ÇA DONNE QUAND MÊME ENVIE D'Y GOÛTER... PARMI LES BRIOCHES RÉELLEMENT EN VENTE, J'ADORE CELLES AU PORC MIJOTÉ.

BREF, LE PAUVRE KYÔTA... VOIR TSUBAKI QUI APPELLE À L'AIDE COMME SI ON L'ATTAQUAIT !... MAIS IL NE LAISSERA PAS TOMBER... COMPTEZ SUR LUI POUR CONTRE-ATTAQUER ! C'EST FOU CE QU'ON A DES CARACTÈRES SIMILAIRES... (RIRE FORCÉ) 💧💧

CHAPITRE 28

C'EST PARTI !! RÉPONDEZ AU QUESTIONNAIRE, ET GAGNEZ UN CADEAU *TSUBAKI LOVE* ORIGINAL ! 1

(DATE BUTOIR : LE 31 MAI 2009, LE CACHET DE LA POSTE FAISANT FOI)

C'EST UN TIRAGE AU SORT !

J'AI MIS EN PLACE CETTE OPÉRATION DANS L'ESPOIR DE ME FAIRE PARDONNER MA PARESSE ÉPISTOLAIRE.
J'AI MONTÉ PERSONNELLEMENT CETTE OPÉRATION (?), ET DU COUP, VOUS N'AVEZ PAS BESOIN DE PASSER PAR MON ÉDITEUR !

QUESTIONNAIRE :
QUESTION 1 :

QUELLES SONT VOS **3** IMAGES FAVORITES DANS LES FRONTISPICES DE *TSUBAKI LOVE* ?

※ FRONTISPICE : ILLUSTRATION QUI DÉBUTE CHAQUE TÊTE DE CHAPITRE. (AUTREMENT DIT, LA PLUPART DU TEMPS, C'EST L'ILLUSTRATION SUR LAQUELLE EST ÉCRITE : CHAPITRE XX)

※ ATTENTION : CELA NE COMPREND PAS LES COUVERTURES DE CHAQUE TOME. (DONC, PAS DE : "LA COUVERTURE DU TOME 1" OU "LA COUVERTURE DU TOME 4" ETC.)

※ C'EST DU NOIR ET BLANC, JE NE DEMANDE DONC PAS LES COULEURS.

JE ME DÉMÈNE POUR CRÉER UNE ILLUSTRATION ORIGINALE POUR CHAQUE DÉBUT DE CHAPITRE AFIN QUE CE NE SOIT PAS TROP MONOTONE. DONC JE SERAI RAVIE DE SAVOIR LESQUELLES VOUS AIMEZ LE PLUS... QUAND J'AURAI LE RÉSULTAT FINAL, JE ME PROPOSE DE LE PUBLIER DANS LE MANGA.

RETROUVEZ LES MODALITÉS D'INSCRIPTION AU 2...

2

*VOTRE CHÉRI, VOUS ET LE XXX, VOTRE GUIDE POUR LE RENDRE ACCRO !

MAIS NOOON !!
C'EST JUSTE QU'ON M'A DIT D'ÉTUDIER, ET...
CLUTCH !
ENFIN, C'EST SAKURA QUI M'A PRÊTÉ ÇA SANS ME DEMANDER MON AVIS !!
BLANG !
HA !
PA-PA-PAR-DOOOON !!
ZZZZZRT !
BAM !

C'EST TA CHAMBRE ?
L'HORREUR !!
SEULS DANS MA CHAMBRE ?
Y A PAS PLUS TABOU COMME SITUATION !!
男の子の本音
HIRK !
BEN ALORS ? POURQUOI TU RESTES PLANTÉE LÀ ?
... OUH ...
... EH BEH...
T'EN AS DE CES LECTURES...
J'AURAIS PAS CRU...
FLIP FLIP !
!!!

BEN ÇA ! T'AS PAS PLUS SERPILLIÈRE COMME HABITS DE VILLE, TSUBAKI ?!
POUH !
AH, HA, HA ! ♡
ELLE EST TÉTANISÉE ! ELLE EST TÉTANISÉE !
VLAM !
BON, ALORS AMUSEZ-VOUS BIEN TOUS LES DEUUUX ! ♡
MAIS...
SAKUR...
ATT...
QUE...
(TRAD : MAIS, SAKURA, ATTENDS ! QU'EST-CE QU'IL FAIT LÀ, TSUBAKI ?!)
JE ME SUIS DIT QUE TANT QU'À RÉVISER, ON N'AVAIT QU'À LE FAIRE EN-SEMBLE...
...!!
EN PLUS, JE POURRAI T'EXPLIQUER LES POINTS QUE TU PIGES PAS, MISS BAS DU PLA-FOND !
AH HA !
TP TP TP TP

GRANDE SŒUR ! JE PEUX ENTRER ?
WUP
WUP
WUP
WUP
MAIS QU'EST-CE QUE JE FABRIQUE, MOI ? À MATER ÇA...
WUP... WUP...
WUP
... C'EST COMME SI J'ÉTAIS UNE GROSSE PERVERSE !!
CES MAGAZINES DEVRAIENT ÊTRE HORS DE MA VUE !
VLAM !
SAKURA !
JE TE RENDS TON MAGAZ...

*X - VOTRE VÉCU SEXUEL : VOS TÉMOIGNAGES
**VOTRE CHÉRI, VOUS ET XXX. LE GUIDE POUR LE RENDRE ACCRO !

AH EUH, NON... JE PENSAIS À PLUS TARD...
ON DEVRAIT AU MOINS ATTENDRE D'ÊTRE ADULTES POUR ÇA...
HEEEEIN ?!
AH OUI, AU FAIT !
TU AS OUBLIÉ ÇA CHEZ MOI HIER...
だっ
DASH !
BON, BEN SALUT !!
HÉÉÉ ?!
OUF !
CETTE FOIS-CI, JE ME SUIS SAUVÉ LA MISE !
... ELLE VA PAS BIEN ?

AU PLANÉTA-RIUM ?
OUI, FINA-LEMENT, ON N'A PAS PU VOIR LES ÉTOILES CHEZ MOI HIER...
PLANÉTA-RIUM
COUPLE SEUL DANS LE NOIR
BIIIIIIIIIIP !!
SI ON Y VA TOUT DE SUITE...
... ON A TOUT JUSTE LE TEMPS T'ATTRA-PER LA DERNIÈRE PROJEC-TION...
AH OUI, MAIS AUJOUR-D'HUI...
LES EXAMENS DE FIN DE SEMESTRE ARRIVENT, ALORS...
BLOF !
AH OUI ! LES TESTS...
BON, ALORS ON POURRA Y ALLER TRANQUILLEMENT PENDANT LES EXAMS, HEIN ?
ON SORT PLUS TÔT PENDANT, ALORS...

MAIS ALORS, À CE MOMENT-LÀ...
... CE QUE TSUBAKI AVAIT EN TÊTE...
OOUH...
WUP !
N... NON !!
AH... GNH...
... ET LÀ ENCORE...
INCROYABLE
C'ÉTAIT ÇA ?!!!
HURK
HURK
?!
OUI, MAIS C'ÉTAIT AUSSI UN PEU DE MA FAUTE...
男の子の本音
部屋に上がっておいて
もするな」はありえね
（16才 高校生）
い所についてきたくせに
やろうとすると「こんなつもり
なかった」空気読め！
（17才 高校生
女ってどうして
るわけ？バ
JE VAIS DEVOIR FAIRE ATTENTION À CE QUE JE FAIS DÉSORMAIS...
DING DONG !
キーンコーン
カーンコーン…
DING DONG !
*CE QU'EN DISENT LES GARÇONS

*MA PREMIÈRE FOIS, C'ÉTAIT AVEC UN CAMARADE DE CLASSE APRÈS LES COURS.
(YURI, PREMIÈRE ANNÉE DE COLLÈGE)
AVEC UN GARÇON PLUS ÂGÉ DU CLUB, PARCE QUE J'ÉTAIS TRÈS AMOUREUSE DE LUI. ÇA RESTE UN BON SOUVENIR.
(SATOKO, PREMIÈRE ANNÉE DE LYCÉE)
ON S'EST RENCONTRÉS SUR LE CHEMIN DE L'ÉCOLE DEVANT UN TEMPLE
(LOV)

FSH...
SMILE...

ELLE T'A DEMANDÉ DE PRÉSERVER SA VIRGINITÉ JUSQU'À SA NUIT DE NOCES ?!
HA HA !
あっはっはっはっ
AH HA HA
PAS LA PEINE DE TE MARRER COMME UNE BALEINE, YUKI...
BAF
BAF BAF !
À UN MEC COMME TOIII ?!
D'UN AUTRE CÔTÉ...
HAA...
C'EST BON POUR MOI, ÇA !
SI T'ES TROP FRUSTRÉ ET QUE T'AS BESOIN DE RELÂCHER LA PRESSION...
... JE SUIS TOUJOURS LÀ POUR TOI !

6

SUITE DE
LA COLONNE
4 ↓

C'EST POUR CELA QU'IL EST INUTILE DE GLISSER UN TIMBRE ET UNE ENVELOPPE DANS VOS LETTRES.
DE TOUTE MANIÈRE, DANS LE CAS IMPROBABLE OÙ JE VOUS ENVERRAIS UNE RÉPONSE, CE SERAIT PAR CARTE POSTALE.
MAIS MALGRÉ TOUT, SI VOUS DÉCIDEZ D'ÉCRIRE ! » VOUS ÊTES LES BIENVENUS ! ☆

JE LIS TOUTES VOS LETTRES, BIEN ENTENDU !!

C'EST VRAI ÇA, C'EST (QUASIMENT) MON UNIQUE MOYEN D'ÊTRE EN CONTACT AVEC MES LECTEURS, CE QUI FAIT QUE ÇA ME FAIT HYPER PLAISIR DE RECEVOIR VOTRE COURRIER. VOS FANWORK SUR MES PERSONNAGES SONT PARTICULIÈREMENT TOP ! ☆

(BIEN SÛR, JE SUIS AUSSI CONTENTE QUAND IL N'Y EN A PAS !)

VOS MOTS SI GENTILS ME DONNENT DE L'ÉNERGIE.
... ENFIN BREF, JE SAIS QUE JE M'ÉTALE, LÀ...
JE SUIS DANS UNE SITUATION QUI M'EMPÊCHE DE RÉPONDRE À MON COURRIER, MAIS EN TENANT UN BLOG, JE ME DIS QUE CE SERA AU MOINS UNE FAÇON D'ÊTRE PROCHE DE MES FANS. ☆

C'EST L'UNE DES RAISONS QUI ME POUSSE À CRÉER CE BLOG.
(PERSONNELLEMENT, SI JE POUVAIS VOIR LE QUOTIDIEN INSOUCIANT DE MES ÉCRIVAINS ET ARTISTES PRÉFÉRÉS, ÇA ME FERAIT TRÈS PLAISIR !

LA SUITE ↓
AU 8...

*LE ROI DU KARAOKÉ

*X VOTRE VÉCU SEXUEL : VOS TÉMOIGNAGES

LE...
LE PAUVRE KYÔÔÔTA !!
VLAM !
SAKURA ?!
BAM !
?!
FRSH !
FRSH !
FRSH !
PRENDS UN PEU DE TEMPS POUR ÉTUDIER ÇA !
SINON, KYÔTA RISQUE D'ALLER VOIR AILLEURS !

*LOVETEEN

AH BON ? ÇA PEUT FAIRE MAL UN BAISER ?
NAAAAN... T'ES ALLÉE JUSQUE DANS SA CHAMBRE...
... ET T'ES TOUJOURS VIERGE ?!
BEN ÉVI-DEMMENT !
SEXE=COPULATION
(OBJECTIF : PERPÉTUER L'ESPÈCE)
T'IMAGINES SI JE TOMBAIS ENCEINTE ? CE SERAIT L'HOR-REUR !
LA CONTRA-CEPTION, ÇA EXISTE...

ふぃっ
FI !
POURQUOI JE DEVRAIS T'EN PARLER, D'ABORD ?
D'ACCORD, JE PEUX AUSSI TOUT RAP-PORTER À MAMAN...
すうっ
SSH
MAMAAAN ! TU SAIS QUOI ? AUJOURD'HUI, TSUBAKI A...
STOOOOOP !!!
CO... COMMENT C'ÉTAIT ?
JE NE SAIS PAS TROP QUOI DIRE...
J'AI JAMAIS FAIT ÇA AVEC D'AUTRES, ALORS POUR COMPARER...
OUI, MAIS T'AS PAS EU MAL, HEIN ?
POUR TA PREMIÈRE FOIS...
SACRÉ KYÔTA, TROP FOOORT !!

LE MATIN MÊME...
BEN PARCE QUE TA COIFFURE EST DIFFÉ-RENTE DE CE MATIN...
TU N'AS PLUS TON CAMÉLIA...
!
JE SUIS SÛRE QUE VOUS VOUS ÊTES VAUTRÉS SUR LE LIT...
... ET QUE TU L'AS PERDU À CE MOMENT !
TROP... TROP PERSPI-CACE...
HEIN ?
MAIS ALORS...
ME DIS PAS QUE...
ÇA Y EST ?! TU L'AS FAIT ?!
QUOI ? AH OUI, MAIS...
NAAAN ! C'EST PAS VRAI !!
ALORS, ALORS ?! KYÔTA ÉTAIT BON ?!

DE QUOIII ? J'DEVRAIS TE REMPLACER PARCE QUE TA NANA COMPTE PLUS QUE LE BOULOT ?
DÉSOLÉ, MAIS MERCI D'AVANCE !
BZT !
MAIS... HÉÉÉÉ ! TSUBAKII ?!
BIP... BIP...
DASH !
だっ
AH !
PAR-DOOOON, SAKURA !!
JE SUIS ENDETTÉ JUSQU'AU COU AUPRÈS DE TSUBAKIII !!
AH MINCE...
EUH...
DÉSO-LÉE...
J'EN AI MARRE ! T'ES TROP ÉGOÏSTE !
ET PENDANT CE TEMPS, JE PARIE QUE TOI...
... TU FRICOTAIS AVEC KYÔTA DANS SA CHAMBRE !
HEIN ?
WUP !
ドキッ
COMMENT TU LE SAIS ?!

HIII !!
QU'EST-CE QUE TU FAIS DANS LE NOIR, SAKURA ?
MAIS HÉ ! JE T'AI DÉJÀ DIT DE NE PAS ENTRER DANS MA CHAMBRE SANS PERMISSION !
BLONC !
T'ES TROP BÊÊÊÊTE, TSUBAKIII !!
HE... HEEEIN ? MAIS POURQUOI ?!
ON ALLAIT CONCLURE AVEC NISHIKI...
... ET À CAUSE DE TOI, ÇA A CAPOTÉ !!

OH LÀ, LÀ ! QUAND JE PENSE QU'IL Y A À PEINE QUELQUES INSTANTS ...
J'ESPÈRE QUE ÇA NE SE VOIT PAS SUR MON VISAGE ?
VLAM !
バタン
C'EST MOIII !
AH ! BONSOIR, TSUBAKI !
TU VIENS M'AIDER DÈS QUE TU T'ES CHANGÉE, HEIN ?
ZAF...
ZAF...
OUI, OUIII !
GTCHACK...
カチャ
JE ME SENS UN PEU...
... COUPABLE ENVERS MAMAN...

BON !
DIEU SAIT CE QUE MAMAN DIRA SI ELLE ME DÉMASQUE !
C'EST QUOI CETTE JUPE COURTE ?!
HEIN ? MA BARRETTE ?
JE L'AI OUBLIÉE CHEZ TSUBAKI...

CHAPITRE 26.
JE ME SUIS PARTICULIÈREMENT CONCENTRÉE SUR KYÔTA S'ABAISSANT À EXÉCUTER UNE DANSE DU VENTRE. (RIRES) LE POINT ESSENTIEL, C'ÉTAIT SON EXPRESSION VACANTE.
APRÈS, IL Y A AUSSI "LE TRIO DU CLUB D'ÉTUDE DU MANGA" DESSINÉ PAR MES ASSISTANTS.
COMME CE SONT DES DESSINATRICES, LEURS ARMES SONT LE DOUBLE DÉCIMÈTRE, LA PLUME ET LA BROSSE ! ♪

CHAPITRE 27.
EH NON, CE N'EST PAS UNE DOUBLE PAGE NOIR ET BLANC ! CELA FAISAIT BIEN LONGTEMPS QUE JE N'AVAIS PAS RÉALISÉ DE FRONTISPICE EN COULEUR, ET DU COUP, J'AI BEAUCOUP HÉSITÉ SUR SON CONTENU. LA COMPOSITION
5 EST CLASSIQUE, C'ÉTAIT AU MOINS ÇA DE GAGNÉ ET J'ÉTAIS TRANQUILLE. J'AVAIS ENVIE DE DESSINER UNE CASQUETTE À CARREAUX ET JE L'AI DONC FAIT ICI, MAIS J'AI RATÉ LA MISE EN COULEUR...

EH OUI...
DANS LE CORPS DU MANGA, J'AI LAISSÉ LE TRAVAIL FASTIDIEUX DE LA CRÉATION DU MANGA ÉROTIQUE (EN JAPONAIS : LE LIVRE BLANC, NDT) (OUI, ENFIN, LE LIVRE ROUGE SERAIT PLUS PROCHE DE LA VÉRITÉ ! (RIRES)) À MES ASSISTANTS.
JE ME DEMANDE SI UNE DOUBLE PAGE CONSACRÉE À UNE SCÈNE DE SAIGNEMENT DE NEZ COMME CELLE-LÀ SE VOIT SOUVENT DANS LES SHÔJO... EST-CE QUE ÇA VA PASSER ?

CE QUE KANAN MINAMI AIMERAIT POUVOIR DIRE !! 3

C'EST CE QUE DISENT BEAUCOUP D'ÉCRIVAINS... ET ÇA ME REND TROP JALOUSE ! ☆ *J'AIMERAIS VRAIMENT POUVOIR DIRE LA MÊME CHOSE !* ☆☆☆

JE FINIS TOUJOURS SUR LE FIL !! ET À CHAQUE FOIS, C'EST UNE TELLE PANIQUE QUE J'EN SORS LESSIVÉE...

QUAND JE PENSE QUE J'ÉCRIS DEPUIS SI LONGTEMPS, IL Y A 10 ANS DE ÇA J'AURAIS BIEN ÉTÉ EN MAL DE DEVINER CE QUE LA PROCHAINE MINUTE ME RÉSERVAIT ! (DÉJÀ À MES DÉBUTS, JE NE SAVAIS PAS QUOI RACON... KOF...) ☆ MAIS BON, MALGRÉ TOUT, SI J'EN SUIS LÀ, C'EST GRÂCE À VOUS QUI TENEZ CE VOLUME ENTRE LES MAINS.

MERCI !!

CHAPITRE 27

CE QUE KANAN MINAMI AIMERAIT POUVOIR DIRE !! 2

MAIS NON, ÇA N'EXISTE PAS, ÇA !
QUAND J'ENTENDS ÇA, JE ME DIS : "MAIS QUELLE VEINARDE !" (RIRE AMER)
C'EST PEUT-ÊTRE AUSSI PARCE QUE JE NE SORS PAS DE CHEZ MOI, MAIS QUE CE SOIT LE PRINTEMPS, L'ÉTÉ, L'AUTOMNE OU L'HIVER, MON APPÉTIT RESTE CONSTANT. EN PLUS, J'ADORE LES ÉTÉS BIEN CHAUDS... PAR CONTRE JE DÉTESTE L'HIVER...

CONSTANT...

D'AILLEURS, LES RÉGIMES NE M'ONT JAMAIS RÉUSSI...
POUR QUELQU'UN QUI MÊME JUSTE AVANT UN ÉVÉNEMENT AUSSI IMPORTANT QUE SON MARIAGE NE PARVIENT À PERDRE TOUT AU PLUS QUE 2 KG POUR LA PHOTO, JE CROIS BIEN QU'IL EST INUTILE D'ESPÉRER UN JOUR ÊTRE MINCE ! OOUH...

J'Y
CROIS
PAS...

BLING
キラ
SI TU SAVAIS COMME ÇA M'A FAIT PLAISIR !
BLING
キラ
BLING
キラ
キラ
BLING
TU PENSES COMME MOI !!
EUH NON... AU CONTRAIRE MÊME !
OUAH ! IL EST DÉJÀ AUSSI TARD ?
JE DOIS RENTRER POUR AIDER À PRÉPARER LE DÎNER
BON, ALORS À DEMAIN À L'ÉCOLE !

ALORS...
POUH !
... TU COMPTES GARDER TA VIRGINITÉ JUSQU'À TA NUIT DE NOCES, C'EST ÇA ?
BLING !
きょとん
MAIS... ÉVIDEM-MENT !!
HI HI !
TU TE SOU-VIENS...
... DE CE QUE TU M'AS DIT ?
"SI JE SORS AVEC TOI...
"... C'EST PAS JUSTE POUR ÇA !"

DING
DONG
DING
DONG
リーンゴーン
リーンゴーン
PARCOURIR UN JOUR L'ALLÉE CENTRALE DE L'ÉGLISE EN TANT QUE VIERGE !
ALLÉE CENTRALE DE L'ÉGLISE
BLUSH
HEIN ?
かあっ
P... POURQUOI TU RÉAGIS COMME ÇA ?
TU TROUVES ÇA NUL, C'EST ÇA ?!
NON... MAIS MÊME SI ÇA N'AVAIT PAS ÉTÉ QU'UNE TENTATIVE...
... ÇA NE T'EMPÊCHAIT PAS DE RÉALISER TON RÊVE !
SI !!
PARCE QU'IL FAUT ÊTRE VIERGE POUR ÇA !!
C'EST LA CONDITION POUR Y AVOIR DROIT, TU SAISIS ?

... EST SI CHAUDE QUE J'AI L'IM-PRESSION QUE JE VAIS FONDRE...
HÉHO ! ... TU COMPARES TON MEC À DES VIO-LEURS, LÀ !
BEN QUOI ? TOI AUSSI, TU AS AGI UN PEU COMME ÇA AVANT !
あ…!
AH..
CE JOUR-LÀ... SI MIHO N'ÉTAIT PAS INTERVENUE À TEMPS...
... JE N'AURAIS PAS PU RÉALISER MON RÊVE...
TON RÊVE ?

MF...
QUOI ?
AH... PARDON... C'EST JUSTE QUE JE ME DISAIS...
TU ES POURTANT UN HOMME COMME EUX...
... MAIS C'EST TOTALEMENT DIFFÉRENT...
CE JOUR-LÀ, AU MOMENT OÙ ILS ONT MIS LEURS PATTES SUR MOI...
... J'AI SENTI MON CORPS SE GLACER...
MAIS AVEC TSUBAKI... CHAQUE PARTIE DE MON CORPS QU'IL CARESSE OU FRÔLE...

MH...
HUF !
はっ

BLISH...
SQUISH...

SI C'EST QUE ÇA, ON QUITTERA L'ÉCOLE EN AVANCE DEMAIN...
COMME ÇA, ON POURRA ALLER TRANQUILLOU AU PLANÉTARIUM.
HEIN !
NON... J'AI PLUS ENVIE.
ALLEZ QUOI ! BOUDE PAS !
DE TOUTE MANIÈRE, LE PLANÉTARIUM N'ÉTAIT QU'UN PRÉTEXTE, ALORS...
SQUISH...
JE VOULAIS JUSTE...
... QU'ON SOIT SEULS TOUS LES DEUX.

407
椿*
投影用フィルム③
<天体>**
BRRRT !
ぷる
BRRRT !
ぷるぷる...
BRRRT !
*TSUBAKI
**FILM DE PROJECTION (3)
< CORPS CÉLESTES >
DIS VOIR, TOI ! TU ME RESSORS TON "PLAN SUR TROIS ANS"...
... J'ESPÈRE QUE TU N'AS PAS OUBLIÉ...
GNIRK !
... QUE CETTE ANNÉE, C'EST TOUT CE QUE TU AS TROUVÉ À M'OFFRIR POUR MON ANNIVERSAIRE, HEIN ?
ぎくっ
ÇA M'AVAIT TOTALEMENT ÉCHAPPÉ !!
MAIS... MAIS NON ENFIN ! COMMENT J'AURAIS PU ?!
REGARDE... SI ON LE MET COMME ÇA SUR LA LAMPE DE POCHE...
RENDS-MOI ÇA AVANT DE METTRE TES EMPREINTES DIGITALES PARTOUT !!

NON, NON !! OUBLIE !!
C'ÉTAIT UNE BLAGUE !!
AH...
AH... HEM...
AH OUI ?!
BON ALORS...
EUH...
J'AI... J'AI ENVIE D'ALLER AU PLANÉTA-RIUM...
JE VEUX BIEN, MAIS AUJOUR-D'HUI...
... JE NE SAIS PAS SI L'HEURE DE FERMETURE N'EST PAS DÉJÀ PAS-SÉE...
NON, NON, C'EST PAS ÇA.
JE NE PARLE PAS DE CE PLANÉTARIUM.

OUAIS, C'EST TOI, NISHIKI ?
TU PEUX ME REMPLACER AUJOURD'HUI ?
DÉSOLÉ, MAIS MERCI D'AVANCE !
TU AS PRÉVU D'ALLER QUELQUE PART, TSUBAKI ?
HEIN ?
DEMANDE-MOI TOUT CE QUE TU VEUX.
JE FERAI TOUT CE QUI TE PLAIRA.
JE VAIS TE TRAITER COMME UNE PRINCESSE !!
ドキン WUP
C'EST...
C'EST VRAI ? TOUT CE QUE JE VEUX ?
ドキン WUP
ドキン WUP
MÊME UNE DANSE DU VENTRE ?

WUP ! WUP ! WUP !
AH..
T'ES DINGUE !
C'EST FRANCHE-MENT GRAVE, LÀ !
GWIIIISH
ギュウウウッ
OUUUH.. TSUBAKI !!
TU M'ÉTOUF-FES ! TU ME PLIES EN DEUX !!
TSUBAKI...
IL S'INQUIÈ-TE POUR MOI !
... SON CŒUR BAT SI FORT !
WUP !
WUP
BIP !
ピッ

C'ÉTAIT RIEN, TU DIS...
QU'EST-CE QU'ILS T'ONT FAIT ?
POUR SAVOIR...
BEN... EUH... ILS M'ONT COGNÉE...
ILS M'ONT MATÉ LES SEINS...
... MAIS ILS N'ONT FAIT QUE ME TRIPO-TER...

C'EST JUSTE QUE... J'AI EU LA PEUR DE MA VIE...
JE...
JE VOULAIS JUSTE QUE TU ME MÉNAGES UN PEU...

HIIIIIII !
IL... IL FAIT PEUR...
LE JOUR DU MARATHON, MAIS...
JE N'AI AUCUNE IDÉE DE QUI ÇA POUVAIT ÊTRE...
D'ACCORD, ALORS DES SIGNES PARTICULIERS ?
JE NE PENSAIS PAS QU'IL SE METTRAIT DANS TOUS SES ÉTATS !
ILS DEVAIENT BIEN EN AVOIR ?!
J'VAIS TE LES DÉLOGER ET EN FAIRE DE LA CHAIR À PÂTÉE !!
BLOF
BLOF
BLOF
BEN... EUH...
BLOF
MAIS NON, INUTILE...
JT'EN FOUTRAIS, MOI !!
S'IL DÉCOUVRE MAINTENANT QUE C'ÉTAIT L'ŒUVRE D'ARISA ET SA BANDE, MON PACTE DE PROTECTION N'EST PLUS QUE DU VENT !
ARRÊTE...
JE T'AI DIT QUE C'ÉTAIT RIEN, NON ?!
MIHO EST IMMÉDIATE-MENT VENUE À MA RESCOUS-SE...
... ALORS ÇA S'EST TER-MINÉ SANS BOBO...
JE NE TE L'AI PAS DIT PARCE QUE JE VOULAIS QUE TU ME VENGES...

ÇA... ÇA A L'AIR FOU COMME ÇA...
... MAIS C'EST LA STRICTE...
... VÉRITÉ...
QUAND ?!
QUI C'ÉTAIT ?!
J'VAIS LES MAS-SACRER !!

... MOI, ÇA ME FAIT PAS DU TOUT MARRER !!
EST-CE QU'AU MOINS ...
... TU SAIS À QUEL POINT J'EN AI BAVÉ AVANT D'EN ARRIVER LÀ ?!
C'EST...
C'EST VRAI ÇA !!
J'AI MÊME FAILLI ME FAIRE VIO-LER PAR 2 TYPES !!
... DE QUOI ?!

4

SUITE DE LA COLONNE 3 ⤵

... BREF, J'AI PERDU MON TEMPS À METTRE EN PLACE UN PREMIER BLOG, MAIS JE ME SUIS DIT QU'APRÈS TOUT, ÇA POUVAIT ÊTRE À MA PORTÉE... (PAR CONTRE, UNE HOME PAGE, IL NE FAUT PAS EXAGÉRER ! (RIRES)) ♡
ENFIN, POUR QUELQU'UN D'AUSSI NULLE EN INFORMATIQUE QUE MOI, IL NE FALLAIT PAS S'ATTENDRE À CE QUE JE SACHE MONTER SEULE UN BLOG.
PAR CONTRE, COMME J'AVAIS LA CHANCE D'AVOIR DANS MON ENTOURAGE DES PERSONNES TRÈS COMPÉTENTES, J'AI TANT BIEN QUE MAL RÉUSSI À CRÉER MON PROPRE BLOG. ☆
(K-SAN ! ULTRA MERCI !!)
J'EN PROFITE AUSSI POUR REMERCIER T.
AH... MAIS BON, VOUS ME DIREZ...
J'AI DÉJÀ BIEN ASSEZ DE MAL À RÉPONDRE AUX LETTRES DE MES FANS... ♡
IL Y A DES ANNÉES DE CELA, J'AVAIS DÉCIDÉ DE RÉPONDRE À TOUT LE MONDE, MAIS DEPUIS, POUR PLEIN DE RAISONS DIFFÉRENTES, JE N'AI PLUS DU TOUT LE TEMPS DE M'Y METTRE... (PLEURS) ♡
JE SUIS TERRIBLEMENT DÉSOLÉE, MAIS JE NE PEUX FRANCHEMENT PLUS GARANTIR UNE RÉPONSE À TOUT LE MONDE.
(PENDANT UN BON MOMENT...)

LA SUITE AU 6

⤵

SNRF...
C... C'EST PAS LA PEINE DE NOUS REMERCIER !
C'ÉTAIT RIEN !
BLAF !
ON Y VA, LES FILLES !
ARISA ! C'ÉTAIT COOL HEIN !
FRSH...
DÉCIDÉMENT...
AVEC TOI, JE SUIS PAS AU BOUT DE MES SURPRISES...
TSUBA-KI...

TSUBAKI !!
KYÔTA TSUBA-KI...
TU ÉTAIS ENCORE ENCERCLÉE PAR DES NANAS, ET DONC, JE SUIS VENU JETER UN ŒIL...
DEPUIS QUAND TU T'ES MIS ARISA DANS LA POCHE ?!
HÉ, ARISA !
HIRK !!
QU..
QUOI ?!
ALORS LÀ, JE SUIS SOUFFLÉ, TSUBAKI !
VOUS ÊTES REMON-TÉES DANS MON ESTI-ME, TOI ET TES COPINES !
MERCI !

POUR CETTE HISTOIRE... TU JURES QUE TU NE RACONTERAS RIEN KYÔTA ?
TANT QUE TES COPINES ET TOI VOUS TIENDREZ VOTRE PROMESSE, JE RESTERAI BOUCHE COUSUE !
C'EST UN PACTE, ALORS...
"JE NE DIRAI PAS À TSUBAKI QUE TU AS CHARGÉ CES TYPES DE M'AGRESSER, MAIS EN CONTREPARTIE, TU DOIS ME PROTÉGER DES FILLES QUI VIENNENT ME CHERCHER DES NOISES."
D'ACCORD, ON EST CARRÉES ALORS...
ALLEZ ! ON RENTRE !
パチパチ
パチパチ
CLAP CLAP
CLAP CLAP

ET LA PROCHAINE FOIS, SI VOUS BRAVEZ NOTRE INTERDICTION...
BIF ! BIF !
... ET QUE VOUS MENACEZ HIBINO COMME AUJOURD'HUI...
GNIIIH !
... ON VA VOUS FAIRE PASSER UN MAUVAIS QUART D'HEURE !!
BLAF !
D'A...
D'ACCORD, ON A PIGÉ...
PAT PAT PAT
BAF !
ALORS ? C'ÉTAIT COMMENT ?
BIEN, ÇA ALLAIT.

PIGÉ ? SI ÇA VOUS DÉFRISE...
... QU'HIBINO SOIT LA NANA DE KYÔTA...
... VOUS VENEZ D'ABORD NOUS VOIR !

CHAPITRE 26

CE QUE KANAN MINAMI AIMERAIT POUVOIR DIRE !! 1

AAAAH... QU'EST-CE QUE J'AIMERAIS POUVOIR DIRE ÇA...

SI JE NE DORS PAS AU MOINS 7 HEURES PAR JOUR, JE NE TIENS PAS LA JOURNÉE. (JE TOMBE FORCÉMENT DE SOMMEIL EN COURS DE ROUTE...)
JE PEUX PASSER LA NUIT À TRAVAILLER, MAIS LE LENDEMAIN, VOUS POUVEZ ÊTRE SÛRS QUE JE DORMIRAI COMME UN LOIR. (UNE DEMI-JOURNÉE ?)
JE TROUVE LE MOMENT DE RÉDIGER LES RÉPLIQUES PARTICULIÈREMENT SOPORIFIQUE...
SI JE POUVAIS MODIFIER MON CYCLE DE SOMMEIL, J'AURAIS LA POSSIBILITÉ DE FAIRE TELLEMENT PLUS DE CHOSES...

ET DONC, LA PROCHAINE FOIS...
... QUE VOUS L'ENQUIQUINE-REZ AVEC VOS HISTOIRES DE KYÔTA...
... FAUDRA D'ABORD PASSER PAR NOUS !

ELLE T'A DIT DE LA LÂCHER !
HEIN ? YAMAUCHI ?!
POURQUOI TU T'INTERPOSES ?!
POURTANT, T'ES BIEN DU MÊME AVIS QUE NOUS ?
OUAIS... CLAIR, MAIS BON...
MOI AUSSI, J'AI MES RAISONS...
ENFIN BREF ! J'AI DÉCIDÉ DE FAIRE FRONT COMMUN AVEC HIBINO.

3

BLOG...

JUSQU'À IL Y A PEU, J'ÉTAIS PLUTÔT ANTI-BLOG, MAIS FINALEMENT... J'AI OUVERT LE BLOG OFFICIEL "MINAMI KANAN".

SÉRIEUX !

L'ÉLÉMENT DÉCLENCHEUR A ÉTÉ LE CONTENU DU SUPPLÉMENT DE LA FIN DU VOLUME 4 : "MA VIE DE MANGAKA". JE TENAIS À CE QUE ÇA SE SACHE ! C'ÉTAIT JUSTE ÇA. ٥٥

OUAH... ÇA FAIT UN PEU NUL, MAIS C'EST TELLEMENT FASTIDIEUX... ET DU COUP, ALORS QUE J'AVAIS DÉCIDÉ DE CRÉER MON BLOG, J'AI RÉSOLU LES PROBLÈMES ÉVOQUÉS DANS LE TOME 4. (J'ÉTAIS DÉCOURAGÉE (RIRES)) J'AI DONC FERMÉ UNE PREMIÈRE FOIS MON BLOG. (RIRE AMER) ٥٥ LES MEMBRES DE LA RÉDACTION ONT PROMPTEMENT RÉAGI, CE QUI FAIT QUE JE N'AI PLUS PEUR DE ME DÉGOÛTER DES SHÔJO MANGA ! MERCI INFINIMENT POUR ÇA ! ☆☆ JE REMERCIE ÉGALEMENT TOUS CEUX QUI SE SONT INQUIÉTÉS POUR MOI. MERCI, MERCI !

LA SUITE AU 4 ↓

... MAIS, PAR CONTRE, J'Y METS UNE CONDITION !!
TSUB... TSUBAKI EST NOTRE PRINCE À TOUTES !
T'AS PAS LE DROIT DE TE L'AC-CAPARER !

T'EN AS PARLÉ À KYÔTA ?
GWIP...
NON... PAS ENCORE.
CLUTCH !
S'IL TE PLAÎT ! NE LUI DIS RIEN ! JE T'EN PRIE !!
S'IL L'APPREND, ON VA EN BAVER !!
ARRÊTE, KANA !
À QUOI ÇA SERT DE COMMETTRE ENCORE LA MÊME ERREUR ?!
C'EST QUE ...
D'ACCORD. JE VEUX BIEN ME TAIRE...

*EFFACER - SÉLECTION - DÉSIREZ-VOUS VRAIMENT EFFACER TOUTES LES DONNÉES ? OUI / NON

*TOUTES LES DONNÉES - ALLER À - SÉLECTIONNER - MENU

AH...
BEN POURQUOI VOUS ÊTES DE RATTRA-PAGE DE MARATHON, ARISA ?
VOUS N'AVEZ PAS FINI LA COURSE APRÈS CETTE HISTOIRE ?
BEN NON...
HIBINO... JE PEUX TE PAR-LER ?
HIRK

ON VA CHEZ MOI. JE VAIS TE MONTRER MON ALBUM DE PHOTOS DU COLLÈGE.
Y A PLEIN DE PHOTOS EMBARRASSANTES DU KYÔTA D'AVANT !
COOL !
HEEEIN ?!
À DEMAIN !
CIAO !!
PLUS QU'UN TOUR !

RATTLE !
ガラッ
TSUBA-KI...!
TSUBAKI ! TU ES ENCORE LÀ ?
ON RENTRE ENSEMBLE ?
JE TE RACCOMPAGNE JUSQU'À MON BOULOT, JE VEUX DIRE...
AH... MAIS...
GTACK !
DOMMAAAAGE !!
TSUBAKI A PROMIS DE RENTRER AVEC MOI AUJOURD'HUI !

JE SUIS CONTENTE...
... QUE TU AIES CHOISI TSUBAKI, KYOTA.
JE SUIS CONTENT...
... QUE TU SOIS SA MEILLEURE AMIE !
MOI AUSSI.

D'ACCOOORD... LAISSE TOMBER !
すたすたすたすた
TOP TOP TOP !
HÉÉÉ ! MINUTE ! C'EST OK !!
JE VEUX BIEN ÊTRE TON AMIE !
... HÉ, MIHO...
OUAIS ! QUOI ?
HM...
TOP, TA NOUVELLE COIFFURE !
OUI, HEIN ?
C'EST TSUBAKI QUI M'A COUPÉ LES CHEVEUX !
ぶはっ
BOUARF !
NAAAN ! TOI AUSSI ?!
HEEIN ? TOI AUSSI ?

M..
MAIS POURTANT, DÈS QU'UNE FILLE TE DÉCLARE SON AMOUR...
... ELLE DEVIENT UNE MOINS QUE RIEN POUR TOI, NON ?
OUI... ENFIN, EN GÉNÉRAL.
LES FILLES FRANCHES COMME TOI...
... SONT RARES...
C'EST POUR ÇA...
... QUE JE PRÉFÉRERAIS QU'ON RESTE POTES COMME AVANT. QU'EST-CE QUE TU EN DIS ?
OUH ...
JE...
MMH... JE SAIS PAS TROP !!

POUR POUVOIR TOURNER LA PAGE, JE DEVAIS TE LE DIRE.
SANS ÇA, JE NE VOIS PAS COMMENT ÇA POURRAIT COLLER AVEC MON MEC ?
ENFIN VOILÀ !
J'IMAGINE QUE TU N'AS PAS ENVIE D'EN ENTENDRE PLUS DE MA PART !
JE DÉGAGE !!
SOIS PAS BÊTE !
C'EST PAS DU TOUT CE QUE JE PENSE !

EN FAIT, J'ÉTAIS AMOUREUSE DE TOI !
"ÉTAIS" ? C'EST DU PASSÉ, ÇA !
POUR-QUOI TU VIENS ME LE DIRE, ALORS ?
EN PLUS, T'AS UN MEC !
C'EST BIEN POUR ÇA QUE JE TE L'AVOUE !
HEEEIN ?

TU SAIS...
DEPUIS LE COLLÈGE...
... TU AS TOUJOURS ÉTÉ SPÉCIAL POUR MOI, KYÔTA.

TE VOIR ME REMERCIER ALORS QUE JE N'ÉTAIS TA COPINE QUE PAR CALCUL...
... ÇA ME FAISAIT ME SENTIR TROP MAL.
VOILÀ, J'AI TOUT DÉBALLÉ !
...
ALORS ? ON EST AMIES ?
À PRÉSENT, TU DOIS ME TROUVER CULOTTÉE...

KYÔTA T'A REJETÉE...
... TU AS VÉCU DES ÉPREUVES DIFFICILES, ET POURTANT...
ON VA JOUER À PIERRE-PAPIER-CISEAUX ...
... ET CELUI QUI PERD CHANGE DE PLACE !
... TU N'AS PAS RENONCÉ À LUI.
TU T'ES REBELLÉE !
TU ÉTAIS SI SÉRIEUSE, C'ÉTAIT IMPRESSIONNANT !
ET ÇA M'A PLU !
ÇA M'A DONNÉ ENVIE D'ÊTRE TON AMIE POUR DE VRAI.

HEIN ?
JE...
J'AVAIS TELLEMENT LA TROUILLE QUE KYÔTA EN VIENNE À ME DÉTESTER...
... QUE JE N'AI MÊME PAS PU LUI AVOUER MES SENTIMENTS.
TOUT CE QUE JE SOUHAITAIS, C'ÉTAIT LE MALHEUR DES AUTRES.
MAIS TOI, TU ES MON EXACT CONTRAIRE.

C'EST POUR ÇA...
... QUE JE TIENS À TE REPOSER LA QUESTION...
EST-CE QUE TU VEUX BIEN ÊTRE MON AMIE ?

ÇA VEUT DIRE QUE CE JOUR-LÀ...
"TU PEUX ME CONSULTER QUAND TU VEUX !"
ET CELUI-LÀ AUSSI...
"TU N'AS AUCUNE RAISON DE RENONCER À KYOTA !"
... TOUT CE À QUOI ELLE PENSAIT, C'ÉTAIT TSUBAKI ?
FINALEMENT...
... IL N'Y AVAIT QUE MOI QUI PENSAIS QUE NOUS ÉTIONS AMIES ?

CLING !
AH...
PA...
PARDON...
GTCHACK !
カチャッ
GTCHACK !
GTCHACK !
GTCHACK !
GTCHACK !
カチャ
カチャ
カチャ
カチャ

2

CELA FAISAIT LONGTEMPS QUE JE N'AVAIS PAS DESSINÉ UN TEL COUP DE THÉÂTRE.
OUI, MAIS EN FAIT, DANS LE VOLUME PRÉCÉDENT J'AVAIS DÉVOILÉ DES INFORMATIONS CRUCIALES DANS LA PREVIEW. MOI-MÊME, EN LA LISANT, J'ÉTAIS TOTALEMENT PRISE DE COURT. (J'AI FAIT CHANGER LE TEXTE DANS LA RÉÉDITION ... OUF...) L'INTERVENTION DE MIHO POUR SAUVER TSUBAKI ÉTAIT UN ÉLÉMENT TRÈS IMPORTANT POUR LA SUITE DE L'HISTOIRE, ET J'ÉTAIS TRÈS TRISTE DE CETTE ERREUR...
LES AUTEURS NE PEUVENT MALHEUREUSEMENT PAS TOUT VÉRIFIER AVANT LA SORTIE DE LEURS ŒUVRES, ET DONC, CES CHOSES ARRIVENT.

CHAPITRE 25.
J'AIME BEAUCOUP LE FRONTISPICE. MON ASSISTANT, M, EXCELLE DANS LES TRAMES AUX MOTIFS NATURELS... J'ADORE LES FEUILLES DE GINKO. MIHO A PLUS DE SUCCÈS AVEC SA NOUVELLE COUPE COURTE. D'AILLEURS, JE ME SUIS MOI AUSSI FAIT COUPER LES MIENS DE LA MÊME LONGUEUR. (AUPARAVANT, ILS ÉTAIENT AUSSI LONGS QUE CEUX DE TSUBAKI.) C'EST TELLEMENT PLUS PRATIQUE♡♡ POUR SE LAVER LES CHEVEUX... MÊME SI JE SUIS BEAUCOUP MOINS FÉMININE MAINTENANT.

CES ESPACES CONTIENNENT FORCÉMENT DES SPOILERS... NE LES LISEZ QU'APRÈS VOTRE LECTURE DU VOLUME !

CHAPITRE 25

EMBARRAS...

2009
OUVERTURE DU FESTIVAL MINAMIN !!

ENFIN... ★
IL PARAÎT...
YOUPI !!♡

DÉTAIL DE L'ÉBAUCHE DE LA COUVERTURE
LES COULEURS ÉTAIENT TRÈS POP ET JOLIES ! ♡♡

CEUX QUI NE ME SUIVENT PAS EN TEMPS RÉEL NE SONT PAS FRANCHEMENT CONCERNÉS, MAIS BON... LA MISE EN VENTE DE CETTE SÉRIE A COMMENCÉ VERS LE 26 FÉVRIER 2009, MAIS LES PRÉPUBLICATIONS ONT EU LIEU AVANT ET APRÈS :
EN 2009, DANS LE SHO-COMI NUMÉRO 6 MIS EN VENTE LE 20 FÉVRIER, JE ME SUIS VU CONFIER LES ILLUSTRATIONS COULEUR DE LA COUVERTURE ET DE LA PRÉFACE !!

MAIS AUSSI :
LE SHO-COMI NUMÉRO 7 MIS EN VENTE
LE 5 MARS INCLUAIT :

UN SOUS-MAIN *TSUBAKI LOVE*
UNE COUVERTURE ALTERNATIVE DE *TSUBAKI LOVE*

SOIT UN DOUBLE CADEAU !! ★

PARLONS DONC DE CETTE COUVERTURE ALTERNATIVE. ON M'A DEMANDÉ DE DESSINER LA VRAIE COUVERTURE QUE JE DESTINAIS AU PREMIER TOME DE *TSUBAKI LOVE* ! DÈS LORS, SI VOUS CHANGEZ CELLE DU PREMIER VOLUME POUR CELLE-LÀ, LE DESIGN DES VOLUMES 1 À 4 SERA UNIFORMISÉ ! ★
J'AI BIEN DESSINÉ CELLE DU VOLUME 2, MAIS DU COUP, CELLE DU VOLUME 1 N'ÉTAIT PLUS DU TOUT À MON GOÛT ET J'EN ÉTAIS TRÈS DÉPITÉE...
COMME J'AI OBTENU CARTE BLANCHE À PARTIR DU VOLUME 2, JE ME SUIS CARRÉMENT DÉPASSÉE.
JE SUIS VRAIMENT RAVIE QUE MES EFFORTS AIENT PORTÉ LEURS FRUITS ! QUAND MES ÉDITEURS M'ONT DIT : "FAISONS EN SORTE D'HARMONISER LES COUVERTURES 1 À 4", J'ÉTAIS AUX ANGES.

SAUTEZ SUR L'OCCASION !

PENDANT LA PÉRIODE
DU 5 AU 18 MARS ENVIRON

BREF, TOUT CECI POUR VOUS DIRE QUE VOUS AVEZ 2 SEMAINES POUR METTRE LA MAIN SUR CETTE COUVERTURE ALTERNATIVE, ALORS NE LA LOUPEZ PAS !

... ON N'A JAMAIS ÉTÉ VRAIMENT AMIES.

JUSQUE-LÀ...
... À CHAQUE FOIS QUE J'AI NOUÉ DES LIENS AVEC QUELQU'UN, QUE CE SOIT AU COLLÈGE OU AU LYCÉE...
... C'ÉTAIT EN FONCTION DE KYÔTA.
ET DONC...
TOI ET MOI...

"IL PARAÎT QUE C'EST POUR ÊTRE AVEC LUI QUE MIHO S'EST INSCRITE ICI !"
"ELLE S'EST RAPPROCHÉE D'HIBINO POUR SE FAIRE MOUSSER DEVANT TSUBAKI."
M... MAIS... TU AS L'AIR...
... DE T'ENTENDRE TELLEMENT BIEN AVEC TON COPAIN...
OH, ÇA...
C'EST À CAUSE D'ARISA ET DE SON GROUPE QUI N'ARRÊTENT PAS DE BAVER DEVANT KYÔTA.
JE DEVAIS CAMOUFLER MES SENTIMENTS POUR LUI...
... ET DONC J'AI FABRIQUÉ CETTE HISTOIRE.

PARCE QUE J'ÉTAIS SÛRE À 100% QU'ELLES ÉCHOUERAIENT !
C'EST POUR ÇA, TSUBAKI...
... TU DOIS SAVOIR QUE LA RUMEUR ÉTAIT ENTIÈREMENT VRAIE.

JE SUIS DEVENUE "MIHO, L'EMPÊCHEUSE DE DRAGUER EN ROND"...
... QUELQU'UN DE SPÉCIAL, QUOI !
MAIS ENSUITE TOUTES LES FILLES QUE JE DÉFENDAIS...
... VENAIENT INVARIABLEMENT ME DIRE...
"JE SUIS TOMBÉE AMOUREUSE DE KYÔTA".
"C'EST PLUS LA PEINE DE ME PROTÉGER !"
ET DU COUP...
... JE LES ENCOURAGEAIS !
SMILE !
BEN POURQUOI TU NE LUI AVOUES PAS TES SENTIMENTS ?
EH, BIEN SI JE LE FAIS, IL NE M'ADRESSERA PLUS JAMAIS LA PAROLE !
MAIS NON ! JE SAIS QU'AVEC TOI, ÇA VA COLLER, KEIKO !
TU ES DIFFÉRENTE DES AUTRES...

COMME SI J'ALLAIS LE FAIRE !
JE VAIS ÊTRE EN RETARD AU COMITÉ !!
ひょいっ
WIP !
TIENS, KEIKO !
HEURK !
げっ
MIHO...
MERCIII !
TSKT !
... PFFF !!
くしゃ
FROSH !
DE QUOI TU TE MÊLES, CRÉTINE !

... QUE JE NE POUVAIS PAS M'EMPÊ-CHER D'ÊTRE JALOUSE DE VOUS !
JE SAVAIS QUE JE N'AVAIS AUCUNE CHANCE AVEC LUI, MAIS JE VOULAIS ME DÉMARQUER DES AUTRES FILLES...
C'EST POUR ÇA QUE...
RENDS-LES-MOI !!
D'ACCORD, MAIS SEUL-LEMENT SI TU M'EM-BRASSES !!

CLIC
シャキン
OUI... C'EST MINABLE...
... ET DÈS QU'IL ÉTAIT ARRIVÉ À SES FINS, IL LES LARGUAIT ILLICO...
... ET SE CHERCHAIT UNE AUTRE FILLE...
CLIC
シャキン
"JE SUIS DÉÇU !"
JE SAVAIS QU'IL NE S'INTÉRESSERAIT VRAIMENT QU'À UNE BOSSEUSE...
... COMME TOI, TSUBAKI...
CLIC
シャキン
... MH...
"J'AI DÉCIDÉ DE FAIRE DE TSUBAKI HIBINO MA COPINE !"
BOF !
EN FAIT, JE N'AI JAMAIS EU LA MOINDRE OUVERTURE...
... AVEC KYÔTA.
C'EST POUR ÇA...

MAIS SI !
J'AI DÉCIDÉ QUE CE SERAIT AUJOURD'HUI...
... ET QUE CE SERAIT TOI QUI ME COUPERAIS LES CHEVEUX !
... D'ACCORD !
シャキーン
CLAC !
シャキーン
CLAC !
TU SAIS, POUR KYÔTA...
DÉJÀ AU COLLÈGE, C'ÉTAIT UN DE CES MECS POUR QUI TOMBER LES NANAS ÉTAIT UN JEU...

OH, SI Y A QUE ÇA ! TU PEUX ME RENDRE UN SERVICE ?
TU...
TU ES SÛRE ?
JE SUIS DOUÉE POUR LA COIFFU-RE...
... MAIS POUR LES COUPES, JE N'AI PAS TELLEMENT D'EXPÉRIEN-CE...

1

BONJOUR !

C'EST KANAN MINAMI ! QUE LE TEMPS PASSE VITE ! LE 5ème VOLUME ☆☆ DE *TSUBAKI LOVE* EST DÉJÀ SORTI. TOUT ÇA, JE LE DOIS À VOS ENCOURAGEMENTS. POUR CE TOME, J'AI PRÉPARÉ DES ANNONCES, AINSI QUE DES PROJETS. J'ESPÈRE QUE VOUS ALLEZ APPRÉCIER ! ♡

POUR LA COUVERTURE, J'AI ESSAYÉ DE REPRÉSENTER TSUBAKI ET MIHO EN PLEINE CONVERSATION DE FILLES... J'AI BIEN DIT "ESSAYÉ". (RIRES) EN FAIT, JE N'AI PAS ENCORE RÉALISÉ L'ILLUSTRATION... OUH, HOU, HOU... MAIS BON, COMME POUR LE VOLUME PRÉCÉDENT, LA COUVERTURE REPRÉSENTAIT UN GRAND CIEL BLEU, J'AI PENSÉ QUE CETTE FOIS-CI, J'ALLAIS RÉALISER UNE IMAGE GIRLY ET POP ! C'EST AU MOMENT DE DESSINER LES COUVERTURES DE LA SÉRIE QUE JE STRESSE LE PLUS. DU COUP, J'AI BEAUCOUP DE MAL À IMAGINER MES COMPOSITIONS. ENFIN, IL N'Y A PAS QUE CELA. DANS LE PASSÉ, INDÉPENDAMMENT DU NOMBRE D'ILLUSTRATIONS RÉALISÉES, J'AI TOUJOURS TROUVÉ QUE LES COULEURS, C'ÉTAIT TRÈS DIFFICILE...

*MIHO, JE VOUDRAIS T'AFFRONTER PENDANT LE GRAND MARATHON DE CE WEEK-END. SI JE PARVIENS À TE BATTRE, J'AIMERAIS QUE TU ÉCOUTES CE QUE J'AI À TE DIRE. J'ATTENDS TA RÉPONSE, MÊME UNE NOTE SUFFIRA. TSUBAKI HIBINO

PARDON ! J'AI FORCÉ L'ALLURE...
GWIP !
TU ES TOUJOURS LÀ POUR MOI...
... POUR ME PROTÉGER ET M'ENCOURAGER, MIHO...
TU M'AS SAUVÉE, ET MOI...
"JE TE CROYAIS MON AMIE ! COMMENT AS-TU PU ME FAIRE ÇA !
"C'EST MINABLE ! JE TE DÉTESTE !"
L'AUTRE JOUR...
J'AI ÉTÉ HORRIBLE AVEC TOI !
JE SUIS SI DÉSOLÉE !!

HUF !
HUF !
HUF !
CES DÉBILES NE NOUS ONT MÊME PAS SUI-VIES...
HUR HUR
J... J'ÉTOUFFE... C'EST...
... ÇA PEUT PAS ÊTRE UN RÊVE...
HUR
ELLE EST BIEN DU CLUB D'ATHLÉTISME...

COURAGE, VOUS Y ÊTES !

MIHO ...
JE...
JE SUIS...
PAS MAINTE-NANT ! VIENS !

QUOI ? IMPOSSIBLE...
... COMMENT LES SECOURS ONT PU ARRIVER AUSSI VITE ?
ÇA NE PEUT ÊTRE QU'UN CAUCHEMAR...
TSUBAKI !!
GWITCH !
CETTE SIRÈNE, C'EST LA SONNERIE DE MON PORTABLE.
EN FAIT, PERSONNE N'A APPELÉ LA POLICE !
VITE, AVANT QUE CES TARÉS NE S'EN APERÇOIVENT !!
PIN PIN !

PIN
C'EST PAR LÀ ! VITE !
PIN
PON
DANS LES TOILETTES POUR HANDICAPÉS ! C'EST UNE AGRESSION !
PON !
ENFOIRÉE D'ARISA ! ELLE A RAMEUTÉ LES POULETS !
TAP TAP !
J'Y CROIS PAS !!
J'VAIS LA CREVER !
TAP

BEN ALORS ? ELLE POURRAIT PAS CRIER OU PLEURER UN PEU PLUS, LA MORUE ?
C'EST PAS EXCITANT !!
IMBÉCIIILE !!
ELLE BALISE TELLEMENT QU'ELLE A PLUS DE VOIX. MOI, J'TROUVE ÇA COOL ! ♪
MONTRE-MOI TA TRONCHE !
RZZ...
ぐぅ。
WUP
WUP
ドキ
ドキ
SANS DÉC' ?! ON LA VIOLE ET ELLE, ELLE PIONCE ?!
CLASSE, LA MEUF DE KYÔTA !
ドキ
WUP
C'EST PAS LE MOMENT DE L'ADMIRER !!
CLC
カチャ
ELLE SE FOUT DE NOUS !!
J'VAIS LA RÉVEILLER, TU VAS VOIR !!
カチャ
CLC

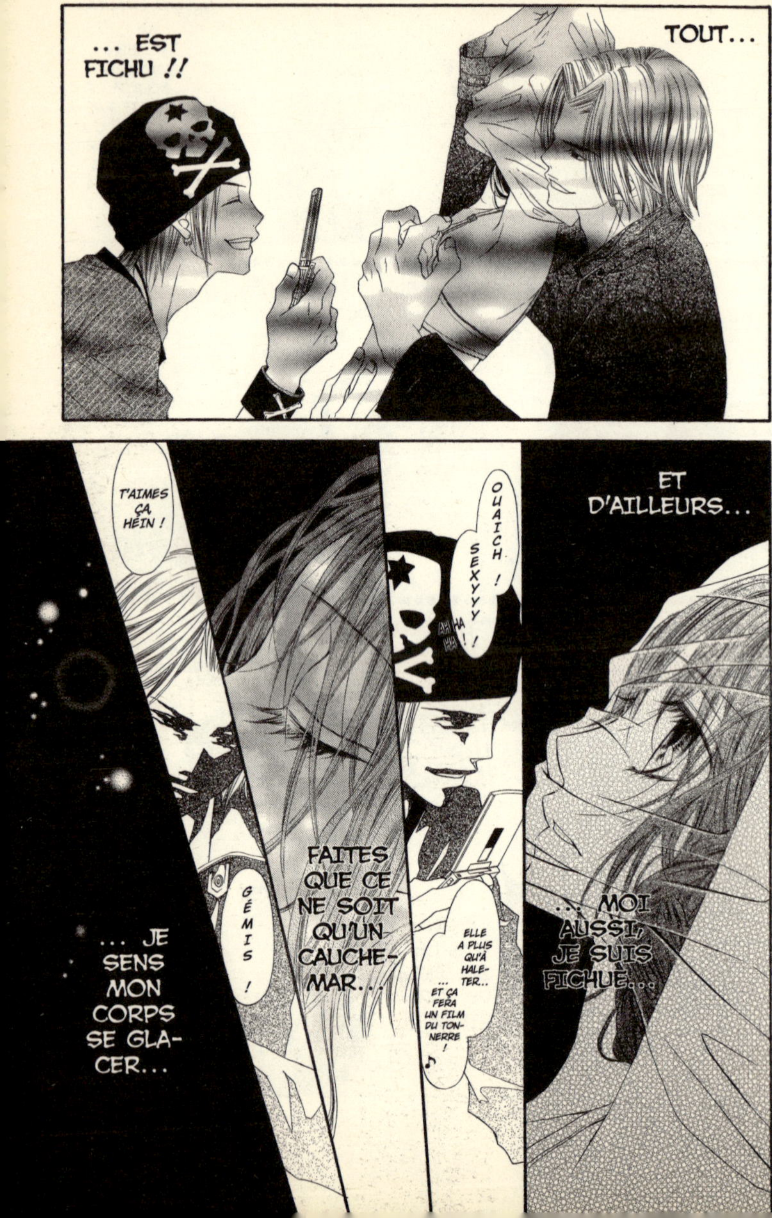
TOUT...
... EST FICHU !!
ET D'AILLEURS...
... MOI AUSSI, JE SUIS FICHUE...
OUAICH ! SEXYYY !!
AH HA HA
ELLE A PLUS QU'À HALETER...
... ET ÇA FERA UN FILM DU TONNERRE ! ♪
FAITES QUE CE NE SOIT QU'UN CAUCHEMAR...
GÉMIS !
T'AIMES ÇA, HEIN !
... JE SENS MON CORPS SE GLACER...

... OUAAAH...
カシッ
FLASH !
MOI QUI COMPTAIS PROFITER DE CE MARATHON POUR FAIRE MES EXCUSES À MIHO...
... ET QUI ME SUIS LEVÉE À 4 HEURES CE MATIN POUR ME PRÉPA-RER...
MIHO !
QU'EST-CE QUE VOUS LUI AVEZ ENCORE FAIT ?

MÊME SI ÇA SE FINIT JUSTE EN TENTATIVE DE VIOL...
... SOUVIENS-TOI QUE C'EST NOUS QUI LEUR AVONS DEMANDÉ DE MENACER HIBINO !!
ON VA PAS S'EN SORTIR AVEC JUSTE UN BLÂME, LÀ !
OUI, MAIS...
L'EXPRESSION D'HIBINO QUAND LA PORTE S'EST REFERMÉE SUR ELLE...
... J'ARRIVE PAS À L'OUBLIER !
QU'EST-CE QU'ELLE A, TSUBAKI ?

ARISA... C'EST BON, LÀ...
T'AVAIS DIT QU'ON ARRIVERAIT À RIEN, SEULES...
... MAIS LÀ, SI ÇA CONTINUE...
... ILS VONT VRAIMENT SE LA FAIRE !
LES BOULES ! MOI, TOUT CE QUE JE VOULAIS, C'ÉTAIT L'INTIMIDER UN PEU...
NON, VRAIMENT ! ON APPELLE LES FLICS...
STOOP !!

ARISA M'AVAIT BIEN PRÉVENUE...
... QUE COMME J'ÉTAIS LA COPINE DE TSUBAKI ET QU'IL L'AVAIT JETÉE...
... ELLE ALLAIT ME DÉMOLIR...
MAIS LÀ...
... ÇA VA UN PEU TROP LOIN...

CHAPITRE 24

CHAPITRE 24

*VIOL D'UNE LYCÉENNE PAR DEUX ÉTUDIANTS

EST-CE QUE DEMAIN...

... ÇA FERA LES INFOS TÉLÉVISÉES ?

INTRODUCTION

En classe, **Tsubaki Hibino** est assise près de **Kyôta Tsubaki**, le garçon le plus désagréable du lycée. Agacée qu'il se moque d'elle et la traite de ringarde, elle lui coupe brutalement une mèche de cheveux. Bien évidemment, Kyôta est furieux ! Après lui avoir dit d'assumer ses responsabilités et lui avoir volé son premier baiser, il décrète qu'il va faire d'elle sa petite amie !
Après un long moment d'hésitation, Tsubaki finit par craquer pour Kyôta. Et elle arrive même à le persuader de sortir avec elle alors qu'il était désenchanté des femmes suite à la trahison de sa mère et d'une professeur qu'il adorait… Quand la nouvelle fait le tour du lycée, les filles, menées par **Arisa**, ont la ferme intention de le lui faire payer ! C'est alors que Tsubaki se brouille avec **Miho**. Conseillée par Kyôta, elle décide de provoquer son amie en duel à l'occasion du grand marathon de l'école pour avoir une chance de s'excuser. Mais ce jour-là, Arisa a mis sur pied un piège odieux qui place Tsubaki en fâcheuse position devant deux garçons envoyés pour l'agresser…

LES PERSONNAGES

Kyôta Tsubaki
Il est entré dans le même lycée que Tsubaki en la supplantant à la tête du classement. Il sait se montrer méchant et flamboyant, mais malgré tout, les filles sont folles de lui.

Tsubaki Hibino
Élève de 1re année (classe de seconde en France - ndt). Elle rêve de mode et d'amour mais est convaincue que tout ceci n'est pas fait pour elle.

SOMMAIRE

Tsubaki Love 5
Kanan Minami